现在所受的苦
要配得上
未来的从容

在工作中，在生活中，
为了从容，一切付出都是值得的。

安子◎著

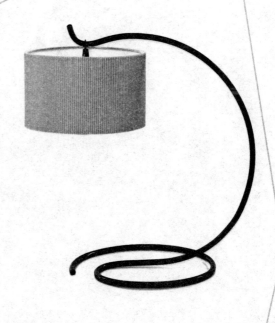

 中国致公出版社
——China Zhigong Press——

序言

我是个名副其实的书虫，嗜书如命。

每到一个城市，我有两个地方必去：一是书店，二是旧货街。我曾经尝试过古董收藏，却不识货。有次在武汉市大智路的周末旧货地摊上，相中了两个瓶底有"清朝乾隆"字样的大花瓶，便买了。公安局的一位朋友一看就知道不是真东西，便带上我去退货。找到了卖家，朋友还没开口说话，外地来的卖主看见我带着穿警服的人找他，吓得连赔不是。卖主主动全额退款不说，还要将两个大花瓶免费送给我，我也没客气全收下了。

幸亏发现自己上当受骗比较及时，但那也极大地打击了我搞收藏的信心，我后来干脆就放弃搞收藏了。但各地的旧货摊，我还是必去的。不是为了收藏，而是为了鉴赏各个地方的文化传承。通过鉴赏各个地方、各个朝代不同的器物，我感觉历史活了起来。

喜欢书，喜欢逛旧货街，看似不相干，其实如出一辙，都是一种阅读，前者是阅读书籍，后者是阅读器物。只不过对书籍的阅读比较直接，能从字里行间感受别人的生活和别人对生活的思考。而对器物的阅读，尽管比较间接，但也是通过器物之上，那流年的光泽、品相、纹理、质地、造型与手工，还原先民生活的细节。

我爱书，要追溯到我的童年，天生作文比较好，基本上从小学到高中，差不多每篇作文都是当作范文在课堂上念。有一回看《杜十娘怒沉百宝箱》，我心潮澎湃，狂到用章回体写了篇记叙植树节的作文。一气呵成后，发现完全不符合老师的要求，而且写得很长。但我还是就这么交了，没想到开明的语文老师仍然给了我高分，还拿到课堂上念。

这使我对古典文学产生了更浓厚的兴趣，但说实话我大部分都没有看懂。我看书有个毛病，看完基本上什么都不记得，模糊一片。我特别不会复述故事情节，有的电影看完了别人想听我讲一下，我只能回忆起几个细节。故事情节转得太快的电影，我基本上只能欣赏画面和台词，其他都不知所云。

但是我仍然爱看书，不过多是看散文、诗歌，不喜欢以叙事为主的作品，对长篇小说兴趣不大。小时候看连环画，也就是"小人书"看得比较多，但脑子里都没留下什么印记。后来，大哥从部队带回几箱书籍，革命书籍居多，它们大多被邻居们瓜分了，我只看过几本。

二哥在金融系统工作，他给我订了《解放军文艺》和《少年文艺》，后来改订了《人民文学》和《诗刊》，还有生活类杂志《八小时以外》。《解放军文艺》上对越自卫反击战的描写，看得我血脉贲张，恨不能插翅飞到老山前线复仇去。我自小有当英雄的梦想，总是幻想在别人危急关头挺身而出。不过，还是幻想骑自行车撞到了漂亮姑娘，然后送她去医院，然后如何如何的时候居多。

对情节不掌握，也说不出中心思想，但我极重文字本身的感觉。每逢好句子，我都会抄录在本子上。尽管抄了也未必看，但通过抄录，能反复体验作者当时的心情，也提高了我对文字的审美水平。但是，反复体验别人的情绪与情感，不知不觉中养成了我细腻、柔软、敏感、多情的特点，而且内心比较接近女性特质，这使我感到忧伤。

上中学时学校好像还没有图书馆，借书要去县城的图书馆。上大学的时候，阅览室是我待得最多的地方。我疯狂地看书，还主持成立了读书协会，成立那天满满一大教室的学生。我将熟悉和喜欢的书列了一个书单，并被校方油印出来，作为学生的暑期阅读参考书目。通过阅读，我深深地喜欢上尼采、叔本华、弗洛伊德的哲学思想。利用当学生会宣传部长的便利，我主持了全校师生参加的哲学辩论会，预备三场，进行了两场，后面一场被冲掉了。记得那时，七楼宽大的会议室都坐满了人，辩论异常激烈。

现在回想起来，我那种乡音浓厚的普通话，别人真的听得懂么？这一念头，又将我打入十八层地狱，使困扰我多年的自卑症又复发了。

我一直觉得我有文学方面的天赋，从小立志当一名文学家、翻译家和作家。我将鲁迅称为"迅哥"，自封他为人生偶像。成为一个像鲁迅那样牛的人，的确是我截止到大学毕业时的人生目标。我立了那么大的人生志向，不知道受了什么诱引，也许是相信了"腹有诗书气自华"这句古话吧，又或是潜意识里为了摆脱我不绝如缕的自卑。

按说我不该是个自卑的人。从小到大喜欢我、愿意同我结交的人不可胜数。基本上身处任何地方，只要我愿意，就会与那个地方最优秀的人在一起。我喜欢参加公益和社会活动，在武汉、深圳工作时，都联合发起了当地的民间读书组织。在北京读书的两年，我忙于写一本后来因为笔记本硬盘故障而尸骨无存的爱情小说，忙于考博、读博、写博士论文，加上北京读书界牛咖太多，无暇也不敢造次，才没有在皇城根儿下班门弄斧发起读书会。

我也相信基因与遗传，但我发现所谓基因其实是公平的，其公平性在于其随机性。类似抓阄、抽签、摇号，你说公平不公平？在资源稀缺、没法分配的情况下，还能怎么公平？

我母亲是当地名闻遐迩的"嫁娘"，也就是婚嫁时被请去给人说吉利话的那种。我妈自说自话的歇后语，押韵上口的吉利话，听过的人都为之惊叹。只可惜我记性差，当时没多个心眼记下来，要不现在可以申报"民间文化遗产"了。

我父亲是石匠、砌匠，还会打时、算卦，带了一大帮徒弟。生计辛苦，但记忆中父亲生活过得可滋润了，烟、酒、戏曲算是他的"人生三宝"，从来没缺过。父亲动手能力特别强，逢年过节玩大头、玩狮子，他不仅主事，还主演。小时候夜里举着火把跟在绵延的贺岁队伍中，敲锣打鼓，灯火通明，好不热闹。父亲最喜欢的事就是看各种演义，听楚剧、汉剧、京剧的各种磁带，基本上历代的通俗演义他看了个遍，听得懂的戏曲他听了个遍。

小时候，睡觉前，我都会在篾席上翻筋斗。翻累了，躺在父亲身边，这个时候他烟也抽完了一支，开始给我讲故事。讲故事时他会添油加醋地进行再创作，使我听起来更蹊跷些。间或加点"黄段子"，母亲听到了将他臭骂一顿，他倒是更加乐不可支，无所顾忌地哈哈大笑！这可能是父亲辛苦一天最开心的时候了。

对于写作，我一直比较有快感。对自己做心理分析的话，写作可能是我的"救命草绳"。我靠着这唯一自信的绳子活命。这根绳子被我越编越粗，乃至成了我的强项。进一步分析的话，这是否是潜意识里，我对自己眼睛特别小、五官摆不当的心理抗拒或心理补偿？

我如此其貌不扬还如此招惹异性。参加工作后负责对外宣传那阵子，当地媒体各种美丽女孩子同我保持联系。对此，同事各种艳羡和不服，说我身上可能是有种"专门吸引女性"的味道。我老婆的解释是："你长得丑，别人同情你，你还不知道吗？就像我把卖房的单子给了中原地产长得最丑的那个男孩子做！再说，丑的人能给人安全感！"我便长长叹一口气，兴致索然。我老婆的厉害之处，就是每当我感觉人生最得意的时候，给我兜头浇一桶冰水，将我猝不及防地打入"十八层地狱"！

人最难客观、理性地判定自己到底长得是丑还是不丑。时至今日，我还是有时觉得自己长得丑，多数时候觉得长得不丑。我还特别自矜于爹妈给了我一副好身材，从高中身体定型到现在，身高一直是一米七五，体重一直是七十五公斤，基本上没变过。实话说，健壮、匀称的身材给了我相当一部分自信。别人问我保持好身材有什么秘诀，我矫情地告诉他们：只需要执行"三不政策"就可以了——不节食、不锻炼、不减肥！

"你怎么有时间出书呢？平时也没咋听你说过啊！"有朋友问我。对生活上的朋友，我回答："我就是将你们节食、锻炼、减肥身体的时间，放到写作上了！"对精神上的朋友，我会说："说出去的话，泼出去的水，覆水难收啊！平时常说的东西，都很难成事。能成事的人，成功前都会守口如瓶！"我节约每一滴水、珍惜每一粒粮食，然后放进文字的酵母，自然就酿成精神的美酒了！

写作，对我来说，是一种释放，是一种治疗，是一种精神上的自给自足。人爱好哪一样东西，都是个缘分，缘分之中自有天意。人生在世，总能找到一种接近自己、通向自己、启示自己、完善自己的方式。对于我来说，这种方式就是写作。写作同时也是生命自我完善的途径，上帝将肉身交给你了，你怎么保育这个生命，将它引向何处，带向何方？写作是谋划心路，记下心路历程的不二之选。

写作，作为一种心理自疗，其功用也是极为显著的。在这方面，心理情感作家黄鑫老师作了很好的尝试。我参加过她举办的"成为作家"心理自疗课，受益匪浅。坚持不懈的自由书写和悠闲独处，能使阻遏你的"暗礁"逐步显现。写作不一定是为了成为作家，写出来的文字不一定要发表，于我是为了自我治疗、对自我做精神分析。在我们事业或生活过不去的地方，一定有道心理的坎。通过写作这种方式让潜意识自由流动，心里的渣滓都会被带出来，相当于清淤、保洁的功能。

在知乎上，我看到有网友坚持用 EXCEL 表格写日记，辅以各种色块与字体。几年下来，他的人生日记像彩色的田野。而且，这样写日记有助于年度同期对比和统计，输入关键词还有助于查看你对同一概念不同时期和不同场合的认知变化。在这样的 EXCEL 日记中，人生变得无比清晰和具体，彼时彼地人生的质地与色彩触手可及，充满别样的诗意。

总结起来，人生中总有些你爱的东西愉悦你，充实你，同时也将你抽空。譬如烟、酒和戏曲充实并且抽空我父亲，阅读、写作和戏曲充实并且抽空我。这一切，有代际遗传，有基因变异，是宿命，也是轮回，我不知道这是福祉还是报应。这个世界上并没有单纯好或单纯坏的东西，人生的一切都是福祸齐至，福兮祸所伏，祸兮福所倚。而且，人生中好的或不好的通常会呈双数出现，一个正数一个负数，一个大数一个小数。我的经验是：因上努力，果上随缘，但行好事，莫问前程。人生路千万条，尽可能找条好路子走。而对于人生结局，问都不消问得。面对命运女神，最好免开尊口，要相信一切自有安排，并且一切都是最好的安排。

哪有什么成功，坚持就是胜利。命运不会一直给你想要的东西，但你涎皮赖脸地跟着笃定的好命走，运气自然会好一点。人生，三分天注定，七分靠打拼。成功，三成靠天分，七成靠勤奋。人生难得是强大，一个人强大了、放下了、不再在乎别人怎么看他了，才敢揭自己过去的伤疤给别人看，把痛过的地方再痛一遍。曾经的呼天抢地、痛不欲生，也不过尔尔。

我一共读了五所正规大学，全日制的和在职的，特别靠谱的和还算靠谱的，先后在上海、武汉、北京、深圳待过，再补上银川，东西南北中终于将要去全，谁能有我这么幸运？有钱的没人上过这么多大学，上过这么多大学的人没在这么多地方生活过。人生不就是图个充实与丰富？

读书给了我自信和力量，写作打通了我的任督二脉，而且给我的人生切切实实带来了好的运气。随意的阅读和随性的写作，使我的文字有个自诩难能可贵的特点，那就是：真实。如果说我的文字比较耐读一点，那是因为我是头特别特别特别勤奋的"文字奶牛"，不停地反刍，消化得比较好，可能比别人的文字多了些感性、灵性的味道。凭着仅有的一点天分，起始是在饭否上随性记录的一句一句感悟，然后时断时续地进行分类、整理，修改成一篇一篇的哲理散文或心理随笔，其中的苦闷与孤寂，一般人是无法想象的。十年磨一剑，终成了三卷本。

出版这本书，有很多需要感谢的人，有的是不想说，有的是不能说，也希望碰巧看到这本书的熟人们心照不宣，不要追究。彪悍的人生无须装，无须掩饰，无须上色，无须标榜。做事如此，做人也这样，我尽可能坚持本色出演。

这本书不是什么"人生指南"，只是我个人对人生的所感所悟、所思所想，是建立在我个人的所作所为之上的。

是为序。

安子

目录

2 尊严

因为自信，所以不在意

3 自信

内心的丰盛与蓬勃

4 成功

所谓捷径，有时就是最长的路

5 感恩

没有什么是理所当然

6 博爱

没有什么比被爱恩宠过的时光更柔软

7 宽容

给别人以出路，给自己留退路

8 善良

现实世界的平衡木

9 人生

别将日子过得像"赶场"

10 人性

有毫无人性的兽，没有毫无兽性的人

11 命运

命运应该成为抽得最狠、响得最亮的鞭子

12 信任

信任的所得总体大于所失

13 真实

最强悍、最持久、最无敌

14 德行

人品的标签

15 求知

为探究真理,更为寻求美好

16 理性

甄别"泼冷水"的人

24 聚散
一切相遇都是久后重逢

25 随心
大事认真，小事随意

1 成长

万物生长是件性感的事

▶ 成长是什么？有人说，成长是走向完美。其实刚好与此相反，成长是接受自己的不完美，接受别人的不完美，接受世界上所有的不完美。成长就是成熟的过程吧？那么成熟呢？成熟是圆滑、"人情练达"、"世事洞明"吗？我认为，不是的。成熟是与这个世界握手言和。成熟就是不再抵触、执拗、忤逆。成熟就是选择一种方式顺下来。成熟就是知道有些问题急不得，需要从长计议。对于那些对成长要求比较高的人来说，"不满足"是有帮助的。记住，是"不满足"，而不是"不满"。"不满"使人停滞，因为抱怨时你的气已经把你填满，再也装不下你想要的东西。"不满足"则是没装满，是一种心平气和的知不足，所以容易进步。◀

烦恼源于各种要

欲望如水。人就是一块海绵，吸水量适当即可。吸水太多很难立得住，而且总会旁渗侧漏。别人一挤兑，啥干货也没有。

我有时会觉得，人就是各种要。人生的各种烦恼与问题也出在各种要。

我们要爱情，可能你还没有读过 *Love Is Too Much* 这本书。爱情是双方的感觉，这是要得来的么？要得那么多，结果被爱埋了，因为依赖，没有爱好像就不能成活。对爱要得太多了，还会造成爱是幸福的唯一渊源的错觉。其实呢？当然不是，被"爱"一叶障目的人，很难体会到人生本然的无挂无碍的乐趣。

我们要知识，但知识是不是越多越好呢？也未见得。知识丰富了，广博了，就应向精深处发展，只吸取对自己有用的知识。无用的，自然就是负担。学固然无止境，但学到一定的程度，是需要出成果的。否则，片面强调终身学习，却不会学以致用。太多的知识反而会伤害，乃至掩埋创造力。再者，成熟不一定表现在知识越来越多，也可以表现在越来越懂得取舍，效率越来越高，越来越有品位和内涵。

从小就该明白，人不可能是全能的，也不可能什么都要，只能通过自己诚实的劳动取得属于你的那部分。单单认识自己，就是一件庞大的工程。人生起太多的贪心，企图世事洞明，实在无知又可笑。

不但"要什么"、"怎么要"很重要，掌握好要的距离感与节奏，也事关重大。植物苗壮成长，就得与太阳的光照保持适当的距离。太远光照不足，太近易被灼伤。而且，也别贪心，人不能无知到想要拥有整个太阳，裁一片阳光足矣。

要的东西，是不是越多越好呢？当然不是，例如金钱或者财富，够用就行了，多了就浪费，若来之不义，甚至会受到良心的责罚。

万物各有匹配性

人的时间、精力有限，操不了那么多心，管不了太多闲事。援手伸得越长，越容易被别人拉去他那边，你的路不用走了么？

人能否占有一样东西，占有是否能长久，取决于其眷顾的半径与投入的精力，更取决于其是否匹配。

你在意、上心、当回事、管得住，就眷顾得好。因为人具有主体性，是一个隐形的"场"。既然是"场"，就有场域与半径，超出的部分，就眷顾不过来。

毕竟，人的精力有限，心虽有余而力却不足。

再比如媳妇因为忍受不了丈夫的打骂逃婚了，我们老家说这男的"载不住"她，就是这男的"配不上"、女的嫁给他不值得的意思。

我们常说的"惊当不起"，古代有"屋大欺人"之说，都说明了这样一个道理：一个人所承受的财富或福分，要与其身份、地位、操行、能力相匹配。

厚德方可载物，肚量大才能够撑船。

德不配位的话，早晚要从这个位子上被拉下来。

半涩半熟之间

年少时往往天真轻狂，感觉上似乎欢乐绵绵无尽，好运将会向他倾泄。其实，越早感受到社会的冷酷无情，越早会步入端庄低调的人生正道。

保持青涩好，还是尽快成熟好？这或许是个伪命题，青涩还是成熟是个自然的过程，岂是可以选择的？

当我们青涩的时候，渴盼成熟，假装成熟。当我们成熟的时候，又怀念青涩，假装青涩。青涩与成熟，就像冬夏之间互盼又互厌，好恶因时而变。

青涩是可进退，进退自如。成熟是懂取舍，收放自如。半涩半熟的时候，最是人生自信时。不过，多数是过于自信了，以为能将各种人生哲学运用自如，其实仍是跌跌撞撞，经常被无情的现实碰得鼻青脸肿。

从某种意义上来说，成长就是磨难。磨难将我们从粗糙、生硬打磨得圆润、温和却更加坚韧，堪当大任！塞翁失马焉知非福，将"磨难"当成一种"磨炼"吧！

没有痉挛的痛楚就没有舒张的放松，没有纠结的折磨就没有做出决定后的释然。我有时候会想，磨难是不是打磨一个人的品质呢？那些智慧的人总是低调地发光，性格平和温润，从不发生频闪，从没有刺眼之举止。

如此，磨难就是磨炼，磨难就是打磨，磨难就是琢磨，磨难是因为"玉不琢不成器"。

如此，岁月不是一把杀猪刀，而是一把雕刻刀，将你雕刻成你想要的模样。

每一次蜕变都是一种风景

心有春暖花开，岂惧寒风凛冽。每一次蜕变，都是与未来的一次激吻。

正如树木要剪去旁枝才能壮大树干，想成就一番伟业必须删繁就简。

很多树木在早年的时候，枝叶异常发达，影响了树干的长高与增粗。园艺工人为了使之成材，抓紧在其发育关键期修枝剪叶。

一番修理之后，树干的营养更充足，不再分散，接受光照时间增多，能得到充足的光合作用。沐浴阳光，经历风雨之后，树干变得健硕。

树干成长的过程，与人一生的成长有些相同之处。渐渐摆脱稚气，成为一名英俊少年或清丽少女，然后变成熟男、熟女，经历越来越多，气质越来越好。这难道不让人觉得，成长是一件很性感的事吗？

未成年人能打动你的是天真，成年人能打动你的是无邪。无论是小孩子的天真无邪，还是青少年的血性，抑或中年人的权力欲，或是老年人的优雅，都是一种性感。

这种性感在不同的年龄段有不同形式的呈现，而且使人变得异常有活力，表现出迷人的气质，散发出光彩与芬芳。

从种子到鲜花，从鲜花到果子，每一次蜕变都是一种风景，都是一种成熟。每个年龄段只要做好所在年龄段的事，就能收获每个年龄段的惬意和满足。

就像每一种颜色都有它的气质和韵味，每一个年龄段都有它独特的颜色和芬芳。

何谓"进步"

骄傲是闭上眼睛,狂妄是塞上耳朵,虚荣是捆住双足,自暴自弃更是束手就擒!人生是严肃的,唯有认认真真,一点一滴地认错与改错,才能更快地接近豁朗与敞亮的窗。

有人将进步理解为走更多的路,登更高的峰,这是不完整的。进步不是跋山涉水、登高望远,而是每一次远足带来的灵魂的震撼。

进步不是一条固定的路,而是独辟蹊径。

原路折返或者改弦易辙都可能是一种进步。

进步就是无论何时何地都能发现、认识并及时改正自己的缺点与错误,并据此调整心态和步伐,用正确的方法做正确的事。

缺点多的人自然进步得慢。不过,缺点并不可怕,可怕的是掩饰缺点。宁愿用脂粉遮住溃烂,也不给其痊愈的机会,是多么愚蠢。

比缺点与错误本身更可恶的是骄傲自满与狂妄自大。

当一个人变得骄傲自满的时候,他的学习能力就开始下降。当一个人变得狂妄自大的时候,他的学习能力就完全丧失,"进步"就离他很远了。

童心不泯

人无论多老，都还有些器官是年轻的；即使所有的器官接近衰竭，仍然可以童心未泯。

有这样几件东西，无论我们走到哪儿，都请随心携带：童年、故乡、亲人、恋人。这几样东西可能使你曾铭心刻骨地爱过，也可能伤透过你的心，甚至伤痛仍未痊愈。

无论走多远，无论身在何处，情怀里仍旧揣着故乡。无论长多大，无论多成熟，心间永远装着童年。从告别童年那一刻，我们就开启了寻找模式。而一生的寻找，无非是想找回失落的童年。

难道不是吗？人到老，越来越像孩子，所以有"老顽童"之说。没有什么比无忧无虑的童年更令人怀恋，在那里我们甚至不知道愁滋味。即使穷，也有数不完的穷快乐，有与小伙伴一起度过的幸福时光。

我常常觉得，最好的地方是能使你回归童年的地方，能够自由自在的翻筋斗，打滚。最好的人是能将你的思绪时常带回童年的人，不给你任何压力，像童年的玩伴。

人永远是个孩子，童年其实从未走失。我们小时是小孩子，大了是大孩子，老了是老孩子。

我想对所有的同龄人说：

你们且成长吧，我只愿生活在我的童年。

这样，有一天我就可以骄傲地说：

我的同龄人都老了，而我依然年轻。

青春花径掩映之下的伤痕

世界并不会为青春承诺什么，未来的所有美好都是你的想象。哪里有什么鲜花铺成的快速道，那都是勤勉的人采撷的朵朵鲜花来铺设的。

童年之所以是快乐的，是因为它纯真无邪。

可是，有多少人真的愿意拿现在去交换回自己的童年呢？也许我们愿意享用童年的单纯，可一定没有人愿意再像童年那样不谙世事，伤父母的心。

人一般不会为童年生活自惭形秽，即使那时又脏又丑，生活贫寒；一般也不会为少年轻狂时犯过的错误而后悔不已，即使那时错得荒唐，错得离谱。可为什么长大了，我们都成了容易自惭形秽与容易后悔的人？

少年时开始脱下单纯，中年时学会伪装、世故与圆滑，老年时又渴望回归少年时代的单纯。人从告别少年，长大成人开始，少不了做无用功。

费了很大的劲，花了特别多的时间，追求到了不少华丽的东西。结果仍然会觉得积累的财富并不能使我们快乐，甚至不如少年时代拥有一辆脚踏车开心。

成长过程中，跌跌撞撞地走了多少弯路、错路。蓦然回首，那青春的花径掩映之下的竟是一路的伤痕。而且，这伤痕得靠自己去舔舐，得靠时光去抚平。

只需冷峻地看着它，伤痛自会远去。

污浊是成长的肥料

掀开大树底下堆积的枯枝烂叶，往往是黑黝黝的腐质土。这些腐质土为大树长年提供营养。

人们常嫌恶环境的喧嚣、混乱、芜杂，拒斥人性的卑劣、猥琐、污秽。

这当然是人之常情，问题是，有多少环境是纯净的，人性这东西是单一的么？

对于这个问题，有人会说：既然改变不了环境，那就适应环境。但是我觉得，这不是最佳答案。适应环境的人，往往会逐渐认可本来不认可的方面，最后很有可能同流合污。

于是，又有人给出进一步的解决之道，那就是所谓的"外圆内方"。

可人在恶劣之境中，或是与人性恶的较量中，是非常好的成长机会。很多人会抱怨环境的恶劣或人性的不堪，可甚少人会从中吸取丰富的营养。就像莲在水塘中托举起信念的旗帜，再怎么样总会有"出淤泥而不染"的可能。

可不可以将尘世的混浊当成另类滋养？就像淤泥富含营养，能给水草提供肥料一样。

人生有时难免会身处污浊之境，但污浊也可以成为我们生长的肥料。

拒绝圆滑与世故

圆滑与世故的所有者，多是那些没有灵魂的人，他们无论过得多么光鲜滋润，仍然是争傍大便的蛆虫。为了活得更好，得到更多，他们付出的代价过于惨重，输掉了最为宝贵的尊严。

很多朋友感觉我太直率，说话从来都是锋芒毕露，劝我做到"外圆内方"。

朋友们的规劝自然是好意，这已经是在不可抗拒的社会现实中保持诚善的折中之举。

但我仍然觉得这是次优选择。

我本人不大欣赏"外圆内方"的处世理念，尽管这里边饱含被逼圆滑与世故者良心的质疑与辛酸。

我不喜欢圆滑与世故，哪怕是表面上的，我也不喜欢。

对于此类问题，我个人给出的最佳答案是：在任何情况下，都要尽最大可能推进诚信与良善，推进不成功的话，就尽可能保持沉默。

尽管沉默是无力的，却是正义力量的储蓄，是态度的宣示。

成长的味道

成长不只是甜品与奶茶，更是苦丁茶与黑巧克力，乃至是苦药或是"打落牙齿往肚里吞"的无上之忍。

"我知道抽烟不好啊！只是现在还懒得改，趁年轻先享受一下，过些年再改也不迟。"一位中学生对我说。

听到这句话，我一愣，似曾相识的感觉。那是青春年少的味道、成长的味道。

青春之时，我们都不信邪，觉得自己完全有能力控制住自己，坚信总能找到一种开关，对于那些恶习，"到时关掉就是了"！

回首自己的青春年少，都曾如此自信满满。可结果呢？

年少不知冷暖。记得小时候，最喜欢的事情是秋日里赤着脚在河沟里摸鱼，这种爱好一直持续到高中。母亲每次都叫我快上来，说是怕凉了膝盖老了会得风湿。

老年人的话，少时候不听，报在中年。

没有人不犯错。于是有人得出结论："人是在犯错中成长的。"我觉得这句话有道理，但表述不完全正确。正确的表述应该是："人是在不断修正错误中成长的。"

见贤思齐，见不好而改之，才是我们正确的态度。不勇敢承认错误，不正确面对错误，不努力修正错误，相同的错误还会延续，会一犯再犯。

青少年总是"为赋新诗强说愁"，比如吸烟行为出于虚荣或害怕被伙伴排斥。偶尔为之可以理解，但切记这只是好奇而已，不宜持续反复，更不可成为生活中的不可或缺。若是"习惯"固化为"恶习"，那时想关可能就关不住了！

莽撞与试错

万事万物都有其大秩序，或者内在的、终极的秩序。人生也这样，重在参与。特别是年轻人，要找到自身定位，多动动、多走走、多问问、多试试总是好的。

青春，从某种意义上来说，是用来莽撞与试错的。

青春意味着，你还有足够的资本犯错误和大把时间修正错误，并从过错中获得教益。

但是，那些不该犯的错误，与不该有的错失，最后都会成为心的钝痛。

面对错误，我们只有两种选择，或者尽早主动修正，或者袖手旁观，听之任之，被动等待错误导致的恶果逐渐显现。

特别是对于懒散与惰性这类恶习，我们没有时间观其变，更不能束手无策。

对于这类恶习，应及时启用"意志力"的发动机，让"勤奋"转起来，以滴水穿石的韧劲松动之、磨损之、清除之。

"我错了！""我下决心改！""我诚恳地接受您的监督！"类似的话，听起来似乎没什么，但本身至少表明了知错、认错的态度，蕴含着修正、改正的力量。

承认自己的缺点与失误需要正面诚恳，也需要慷慨激昂。这样，才能有效对抗我们人性中容易出现的避实就虚、避重就轻及推卸责任的毛病。

爱的施与受

以爱的名义进行的一切似乎都"于法有据",即便是杀戮与伤害,但我们需要警惕:爱得太多约等于施暴,而错爱就完全是施虐。

亲戚家一位帅小伙子与女友同居了。那个女孩子个子特别矮,明显驼背,罗圈腿有些不灵便,耄耋老者的感觉,谁见了两人都会觉得他们太不搭了。

"为什么会选择她呢?"我小心翼翼地问他。

"因为我妈妈不同意我选择她。"他异常平静,但语气中有一种不容置疑的坚定。

"以前几乎所有的事情都是我妈妈做主,我毕业了,参加工作了,这一次我必须自己做主!"他见我有些愕然,补充解释说。

我脑海里马上浮现出少年时期父亲教训我的话:"叫你走埂上,你偏要走沟里。"还有一句是:"把你往墙上扶,你偏要往地上溜。"

恐怕许多事情都是这样,他要那么做,并没有特别复杂、特别深奥的原因,只是因为单纯的逆反,你要我如此这般,我偏不,打死我也不!

我其实非常懂得他妈妈的良苦用心。对于天下望子成龙,望女成凤的父母来说,如果他们无尽的"爱"孩子不理解、不接受,那这种爱就反转成绵延不断的折磨,双方都是受害者。父母常自觉握着"正义"的鞭子,鞭子上满满地涂抹着"爱汁"。"爱鞭"挞伐的是所爱的人,痛的是自己。

可爱的施与受必须在互相理解、彼此认可的基础上才能进行。若不在同一频道上,自然是鸡同鸭讲,各执一端,难以产生共鸣。

反思的价值

高效的人生才会有反思，而那些沉湎于旧忆的人，意志极容易被过去的事拖垮。对某件事耿耿于怀，就相当于被某件事钉死在过去，亲者恨，仇者快。

成长是逐步摆脱外来的羁绊，增强独立性，并在观念与行为上渐次与他人相区别的过程。这一过程就像树林的生长，或者人生画卷的展开，十分令人欣喜。

成长的过程离不开自我认知。自我认知是心智成长的极其重要的部分，同时是一个厘清人际关系的过程。

只有将自己置于人际关系中，而不是孤立于其外，才能较为全面地了解自己。离开人际关系，纯粹内在的自我认知，基本上是无效的。

自我认知，实际上就是反思。反思是自我成长、自我成就的必经之路，不愿意反思无异于放任自己品格低下。

"为什么每次反思我都感觉到成了痛悔呢？我觉得自己付出的成本太高昂！反思的价值体现在哪里？"

我的回答是：成长需要付出各种各样的成本，但都是最值得付出的成本。越往前看，付出的成本越像一种投资。

当然，反思因为痛悔而深刻，但一直痛悔就真的没有必要了。反思也无须过度，只要认识到错误，能从中吸取经验教训，目的就达到了。

"不为难"是你送出的最好的礼物

即使是对最好的朋友，为难别人也有自私之嫌。

我给自己订立的人生准则：不难为自己，不难为别人，也不难为赖以生存的环境。

不难为自己其实是非常难的，我做得并不好。内心里，我豢养的名叫"意志力"的孩子不太省事，经常磨砺、为难我，让我起早贪黑地干活。

不为难别人倒是基本上做到了。但是，为难自己的亲人算不算呢？如果算，我也做得不好。明明是自己不愿意做的事情，例如收房租、涨房租，我经常会交给同样脸皮薄、同样难为情的妻子去做。

对待自然环境和社会环境，同样应遵守"不为难"的准则。大自然生养了我们祖祖辈辈，我们除了要感恩生养自己的父母和对自己有帮助的人，同样应该感恩赖以生存的自然环境。

人要生长得好，断然离不开所处的社会环境，包括自然环境、学习环境、工作环境和生活环境。如果所在的环境不适合一个人的生长，仅凭他的主观意愿，是断难自然成长的。

长期处在一个变态的社会环境下，人们的灵魂也会扭曲。长期处于一个糟糕的自然环境之下，对于身体也是一种戕害。所以，我们不仅要学会享用大自然，更应学会呵护大自然。为难大自然，刑在子孙。

盲目助人妨碍他人"自成长"

　　爱是家庭生活上的适当照顾，但社会上的路就该自己走，否则爱就可能软化孩子的自立精神。父母总罩着孩子，为孩子保驾护航，相当于褫夺了孩子们直接参与体验生活的机会，就损害了孩子们关于人生之感知的完整性和丰富性。

　　一个人若总是渴望别人的帮助，那么他一定还不够强大。
　　一个人若动辄乞求别人的帮助，那他是相当的脆弱与无能。
　　我认为：成熟的过程，就是独立的过程。
　　人不能一辈子做小孩，总得成长起来。成长的动力不够，不能总是指望别人。
　　经验告诉我们，凡事都指望别人的人，最终注定是失败。
　　而且，这样的人常常败在关键时刻。平常做得到，是因为有人帮一把，关键时刻需要自己上场时，可能上不去了！
　　我常常会同情那些依靠父母安排好一切的人，尽管可能好些人还心生羡慕。我觉得依靠父母安排好一切的人，无异于由父母背着他们远行，终究会害得他们丧失独立行走的能力。
　　不只是父母对待孩子，不少人都会以"乐于助人"的方式瓦解他人自成长的能力，而且还居功自傲。孰不知，盲目助人害人不浅。

低潮时好好陪伴自己

所谓"人生低潮",无非就是身心比较疲惫,命运好心安排你进屋里避雨的那段时间而已。多好的休整反思,并补足能量的机会啊!

成长并不是一帆风顺的,人生难免出现低潮,难免受到伤害,遭遇风暴。无论是人生的低潮,还是经历的风暴,都是静默思考的机会,同时也是治疗与康复的机会。

人生的低潮如此安静而又乖顺,你怎忍心不默默陪它度过?

在被排斥的时候,被边缘化的时候,首要的是摆正心态,保持心态平衡。相信恶劣的生态一定会被打破、被重建,坚信歪风邪气终将让位于清风正气,而你需要的只是做好迎接的准备。

等待的时间可能有点长,但是你恰好需要利用这段时间调整一下身心健康。就像被弃耕的地,恰好利用休耕的这段时间休养生息。所以,低潮时干脆好好陪陪自己。

人生出现低潮有很多原因,有的是事业陷入低谷,有的是梦想无迹可寻,有的可能是遭不良风气或被品行不端之人伤害。那么,我想说,那个给你伤害的人,也把成长与变得坚强的机会留给了你。

在你生命中出现过的人都是贵人,特别是那些曾经伤害过你的人。如果没有他们的伤害,你不会有现在这样强大。

当然,若能忘记别人曾经对你的伤害,证明你比想象中的还要强大。

老是上天赐予的深吻

如果说中年好生活的特征是宁静与平淡，老年好生活的特征则是喜乐与安祥。绝美的火烧云多在傍晚时出现，如同太阳巡完了大地，为悦纳了全世美景而喜悦心安，老年人想得最开，放得最下，步履慢而从容。

人生是一趟未知之旅，通向的是未知的道路。人生之旅中，有很多具体的恐惧，种类繁多，但对于衰老与死亡的恐惧，每个人都挥之不去。

人生迟暮，名为：向晚。"向晚"是个可怕的词，意味着衰老，意味着更多的爱莫能助与有心无力。

人生，最使人恐惧的是什么呢？莫过于"向晚"，莫过于青春一去不复返！

莫道青春无悔，只因悔也悔不回去。

我要的是成熟，伴随成熟而来的却是衰老。

每一丝白发，都伴随着对青春的哀悼。老去，是挠不着的痒，止不住的痛。

不过，老是上帝赐予的深吻，也没啥可怕的。那布满皱纹的额头，郁结着忧愁，更有释然与喜悦，折叠着人生的阅历与收获。

人生就是如此，要学会享受成长的过程，陪着生命走向圆融；像向日葵一样花败，枝垂，而后一格一格地填满成熟。

陪自己玩到老

　　一个人成熟的标志，是自己的必不可少，其他人的可有可无。能够自己陪自己玩的人，是真正成熟，能够自给自足的人，这样的人最强有力。

　　如果有人问我年轻的优势是什么，那我一定会脱口而出：活力。

　　活力，是一个令人着迷的词，总是与奔放、舒展、旋转、升腾、舞动等表示张度、力度的词汇联系在一起，使人心生激动与向往。

　　活力，意味着专注与投入，是享受的最佳阶段。有些享受，特别是需要体力与激情来参与的享受，只属于某个年龄段，逾期作废。

　　从这个意义上来说，年轻时若不经历点什么，真是枉有青春。

　　我有一种体验，就是感性的人更能保持年轻，甚至可以说，感性的人永不老去！对于感性的人来说，谁也夺不走心中梦想的小孩。

　　所以，下定决心做一个感性的孩子，陪自己玩到老。

　　未来会老，无论做什么，都请把握住青嫩的现在。

不间断地妥协

　　人生，是一个不断选择的过程。同时，也可以说：人生是一个不断博弈、不断谈判的过程。人生的每一个高点，都遇对手无数，需要不间断地妥协。但这是积小胜成大胜，是为了赢得更多、更稳。

　　"你怎么变得一点激情都没有了，你以前可不是这样啊!"

　　"你这个样子，这个状态，就是所谓的成熟么? 如果是，我宁愿不要。"

　　一位像打了鸡血，总是激情澎湃的哥们儿很不满意我的生活状态，不理解我为什么这个俱乐部也不参加，那个活动也没有热情，同学生时代判若两人。

　　其实我也感觉到了自己的变化，但我不后悔，因为我看到了自己的成熟。

　　成熟总是伴随着一些无可奈何的中庸，成熟同时也意味着理想对现实不间断地妥协。

　　成熟的好处，最起码，我没有为不值得做的事，不值得结交的人虚耗时间与精力。

　　再者，我懂得积攒、储蓄生命里最值得珍视的东西，而不是铺张、浪费。

　　我知道适当涵养自己，而不是一味透支。

懒得复杂

懒，有时不是真正的理由，而是逃避或掩饰的借口。懒得复杂，有时可能是资源或能力上的欠缺，而不是真的懒。有的人想丰富却缺少内涵，有的人想复杂却无事可干，别人也不听他的。

单纯内含有一种隐秘的消极，那就是与世无争。

人之所以留恋单纯，是因为懒得复杂。有些人之所以看起来越来越单纯，是因为其越来越懒得启用复杂的思维。

但是，人可以越来越简单，越来越纯粹，不可能越来越单纯。单纯，一旦逾界，就再难回头。

清纯可以装，单纯却是装不出来的。但是，只要愿意，每个人仍有办法保有他的单纯。

保持单纯的方法很简单，不做过分的深思，不做过度的探究，不卷入过于复杂的人际关系，尽可能不涉入各种八卦与纠纷。

或许做到古人所讲的这句话也有效："两耳不闻窗外事，一心只读圣贤书。"这不是"掩耳盗铃"，也不是"鸵鸟哲学"，而是一种常识：想一想，我们那么做有什么用，有什么意义呢？

我们渴望的单纯状态，只要保持轻松随意、随遇而安，就可以得到。

只要是在挣生活

有钱人并未离场，一直还陪着无钱的人，干着同样辛苦、腻味，且永远也干不完的活儿。

谁不是在为美好的未来打拼呢？

在我看来，只要是在挣生活，就是朝气蓬勃。

只要是在挣生活，就令人肃然起敬。

未来，是我们心甘情愿付出辛劳的唯一理由。没有对未来的憧憬，人生就失去意义。

对未来的憧憬是人生的动力。对未来失去信心的人，生活的天空必然无光。

一个确信自己没有未来的人，我给予的诊断是：心死亡。

未来是明亮的。你如果相信未来，心就不会被阴影占据。

心怀未来多么美妙啊！未来在，梦想就在。只要梦想还在，未来就还是有待尽情畅游的仙境。

如果你还有梦想，怎么能说你已年老呢？倒是那些没有梦想的人，年纪轻轻就可能老气横秋。而只要心中还怀有未来，任何人都不能断定此生已完结。

你要是相信未来，请现在就将全副身心化作实际的行动，奉献给你的人生梦想。

在梦想树上缀满含苞待放的蓓蕾与跃跃欲试的花蕊，让梦想为未来祝福！

"年轻"的真正含义

青春就是一只空空的箱子，还没想好要装些什么。青春就是一张蓝图，一切都还未落地，因而有无限的可能性。一只待装的箱子，一张未竟的蓝图，再富有的人也买不来！

一位大学毕业生忽然给我来了这么一句话：

"你多好啊！什么都有，可我什么都没有！"

其实，我又有什么呢？比起我的那些功成名就的同学，我有的东西算个啥？我随便说了句安慰她的话，装出自己也很不堪的样子。

"至少你有才华啊！"显然，我不知足或者装不足的语气触怒了她。

我觉得不能敷衍她了，必须让她明白一些道理。

我告诉她："你还年轻，我已人到中年对吧？"

她说："那又怎样？"

我问她："年轻的含义是什么呢？"

"一无所有啊！"她不假思索，脱口而出。

"年轻的含义不是什么都没有，它真正含义是什么都可以有。"我一字一顿、斩钉截铁地告诉她。

人生的头二十年的主要职责是学习与成长。一个二十来岁的年轻人，人生都还没有完全打开，都还在学习与探寻人生真谛的阶段，怎么能自暴自弃，诋毁年轻呢？

在路上，还必须在道上

精神生活之路，长于现实生活之路无数倍，何去何从，更须慎重抉择，稍有差池，可能就前程尽毁。跟着感觉走固然也可以，但要特别关注感觉中的理性部分。激情爆燃之后，理性仍然是永不熄灭的灯芯。

青春在不知不觉中消逝，人总要待到其消失殆尽时方能幡然醒悟，可惜为时已晚。

所以，我体会到：人在青春年少时尚可以探索不同的路径，但人到一定的年纪，就必须择其适者而行之。

永远的探索，就是永远的无路可走。毕竟人生之路只能是走一步看一步，不可能神机妙算到走一步看到一百步。基于这个原因，人到了一定的年纪，必须"在路上"，不管这条道路铺满鲜花，还是布满荆棘。

对的，一直"在路上"还不行，必须一直"在道上"。"在路上"的意思是在行走，"在道上"的意思是在正确地行走。

怎么样才能正确地行走呢？有一个说法可资参照：跟着感觉走说明你还是个孩子，跟着理性走才说明你已长大成人。

青春于人生如树干，青春时的志向与行动奠定人生基本的走向。人生道路千百上万种，走哪条路，怎么样走都不能一概而论。有人说在这当口认识自己几斤几两，明白能做什么不能做什么很重要。

我认为，认识自己固然重要，但人生更重要的是认可自己，并尽可能保持自我感觉良好！

一个自我感觉良好的人，只要这种感觉良好不是建立在盲目的"无知无畏"的基础之上，那走起来路不就步伐更坚定，身姿更矫健，心情更轻快么？

青春是永盛不败的玫瑰

童年、少年、青年、中年、老年，各个年龄段皆备于我，我们却在羡慕或嫉妒别人的某一段，尤其是青春之段。临渊羡鱼，不如退而结网。

每个人都拥有两个青春，生理上的青春与心理上的青春。生理的青春用结实的肌肉与柔嫩的皮肤衡量，心理上的青春用坚强的意志与宽厚心灵来衡量。

也就是说，青春可以是生理年龄，也可以是心理状态。保持年轻状态的人，青春期是大幅延长了的。

在人生的记忆之匣中，关于青春的记忆最活跃，也最新鲜。青春的记忆如此丰盛，若将人生长卷舒展开，青春应该占去大半。

青春，是记忆之原中永盛不败的玫瑰，华美娇艳，芳香四溢。尽管青春年少时我们曾被它刺伤，但流出的血也散发着迷人的香味。

青春的泪水凝聚成琥珀，晶亮剔透，那也是人生经验之所藏。

永葆青春，就是让身心永远处于乐感与律动的状态。

2 尊严

因为自信，所以不在意

▶ 维护尊严，捍卫自尊，看起来是自己的事，其实是相互之间的事。自己这里有自尊自爱的觉悟，别人那里要有宽人恕己的情怀。不"恕己"的人也不会"宽人"，很难与别人以及现实世界和谐共处。尊严与自信有关。人之在世，"不虞之誉"与"求全之毁"是避免不了的。世有无事人，更多好事者。尊严的，更像是一种清风傲骨，透出空灵、玄妙、禅意的味道。 ◀

越是自卑，越是急于成就

自卑好比是心房上被击穿的一个洞，不修补的话就一直血流不止。所以人有一定能量之后，第一件事，就是修补自卑之创口。

讥笑、嘲讽别人，以贬损他人为乐，靠打击别人的自尊来获取自身心理平衡，这样的人真是讨厌。你身边也有这样的人吧？

这样的人不只是心理不健康，而且在他阴暗的内心深处，藏掖着强烈的自卑。更可恶的是，这样的自卑具有攻击性，会伤害到别人。

不怎么在意自己在别人心目中形象的人，才是真正自信的人。这样的人没有狭隘的自尊，也没有染上与世争抢的恶习。世上种种，好的，贵的，没有什么东西必不可少。

保持自尊，或使自尊心得以保全的方法，是不要去贪图任何东西。超然于物，超越欲望，这是更强大的能量是，屹立不倒的尊严，任何外力都难撼动。

越是自卑的人，越是希望别人瞧得起他。

越是自卑，就越是急于用成就来证明自己。

一个人不再追问自己是否自信，甚至几乎遗忘"自信"这个词汇时，才算是真正克服了自卑。

"谦卑"这个词

永远不要羡慕势利者的利得，经过他们的时候要掩鼻而行。由于他们的人品在粪缸里浸润过，跪舔来的冠冕也必定是臭哄哄的。

冠冕的价值，并不等于头脑的价值。

趾高气扬者的价值，大概也高不过他脚趾头扬起的灰尘的价值。

我最不喜欢趾高气扬的人了！不只是不喜欢，甚至有些鄙视。

我也鄙视势利之人，这样的人品位低劣，往往会对权至高位者卑躬屈膝，而对寂寂小民狗眼看人低。

势利眼们的可恶之处，更在于他们对弱势者肆意羞辱与攻击。

与"势利"一词相反，我特别喜欢"谦卑"这个词，也特别喜欢谦卑的人。

一个人眼中闪现的谦卑，要亮过一颗钻石的全部闪光。

一个人的尊贵在于他眼神里的谦卑与慈善，而不在于他胸前的珠玉与手中的金杖。

狭隘的自尊心有害无益

世界上有些事确实需要作为，才能有所受益。然而，更多的事情、更多的时候，完全无需我们做什么，就可以有所受用，而且完全可以大肆享用而无须付出，比如精神的盛宴与大自然的美景。

真正使我们不快乐的东西很少，多数时候，使我们不快乐的是我们自己狭隘的自尊心。

当人过于看重表面上的光鲜生活时，我们实际上并不高贵，而且内心深处隐藏着自卑。

过分强调狭隘的自尊心本身是一种自卑心理。自卑的人，对"我"的自感与意识比较强烈。

当一个人自感到"我"，或意识到"我"时，总是感觉到好像有人在关注自己。关注者好像是亲朋好友、同事、上司，或其他的人。

但实际上他这样想的时候，往往并没有人在关注他。

这种怪异的自作多情，可能已深入自卑者骨髓。

自卑者往往自以为"尊"，自以为"贵"。殊不知，一味强调尊严，或奉行尊严至上，可能会使我们无谓地失去一些比尊严更重要的东西。

忍辱与宽恕是通向强大的路途

假使你羞辱了别人，还能使他们归附于你，你是强大的，不过这是一种恶性强大。假使你能够承受任何形式的羞辱，并且不予计较，这是一种别样的强大、善性的强大。

不承认、不甘心、不服气，这也可以是好事。但若只是为了争一口气，赌一口气，让那一口晦气污染了人生，使人生蒙上阴影，则大可不必。

倍受冷落或奚落，这样的人生经历是一种煎熬，更是一种历练。且将此当作一种负面激励吧，让我们暗中攒足一股劲儿，谁笑到最后谁笑得最好！

诚然，羞辱是尊严的天敌，在人类所有的非人性的惩罚中，与暴力折磨不相上下。

羞耻是对尊严的撕裂与损毁，是最伤害人的。

那么，仇恨呢？仇恨不仅没有用，而且会伤着自己。因为仇恨的实质，是自尊心严重受挫。

仇恨煽动我们不计后果，将事情越弄越糟。事实上，复仇不会换来安全，也收复不了失去的尊严。真正获得安全或修复尊严的方法，是通过忍辱与宽恕使自己变得更强大。

所以，将受辱当作一种试炼，将忍辱当作一种修行吧！无论是对我的恶意中伤还是落井下石，都能增加我做自己的力量。

复仇会使人变得更加糟糕，唯有宽恕才会使世界更加美好。

声誉的毁掉

只有实至名归的名声才是持久的。若是浪得虚名，还想流芳百世，那就要苦下功夫，尽快补课，使得"德才"配得上"名声"。

尊严如冠冕上最璀璨的明珠。

一个人要是将尊严放下来，那么人格也无从谈起了。

一个人若无自尊，即使经济上能自立，也只是人间的一个笑话，因为其必定"寡廉鲜耻"。

关于尊严，有时候我会觉得不公平。生活好像只让一部分人有尊严，而让另一部分人不幸和无可奈何。

例如，贫穷本身已属不幸，若是因贫穷而失去做人的尊严，就是双重的不幸。

一般来说，失去的东西还可以买回来。可尊严一旦失去，就像泼出去的水，有可能就永远失去了。

对于不慎失去的尊严，固然也有补救的办法，可能挽回一些面子，但失去尊严时的那种羞辱与疼痛，依然清晰。

不只是尊严，声誉也是如此。声誉的毁掉只需一次不慎。

人生有些东西不可不慎重，声誉的毁掉有如切肤之痛。

尊严里深藏秘密

尊严的表征是冷静与沉默，内里却是自卑与心虚。尊严的确是一把不好藏掖的刀剑，你越是小心，就越容易在某处豁下一道口子。

自尊心是一柄双刃剑，兼具建立自信与摧毁自信的双重功能。

所以，自尊心是个危险的东西，适度可以励志，过则易成沮丧之源。

怎么说呢？尊严如同长着刺的青果，不经过呵护、培育尊严的阶段，人就难以成为自尊自爱的社会人。

但"尊严"这枚人格的果子，滋味尝起来还真不咋的。

尊严里深藏着一些秘密。有些秘密可能得藏一辈子，这些秘密只有自己知道，也只能自己知道。

什么是尊严？或许，尊严就是有些话一辈子也不说给别人听吧！

粗俗里的精致，卑微里的崇高

不少人习惯标榜自己的卑微，其实随便说说就可以了，不必特别强调。你特别强调自己很卑微，留给人的印象不是位卑言轻，而是自惭形秽。再说，有谁关心你是否真的卑微呢？

你骨子里有对我的蔑视，而我骨子里有我坚不可摧的尊严，就像我的粗俗里有我的精致，我的卑微里有我的崇高。

尊严是不合流、不交换，有时甚至是不解释的东西。

我认为，尊严就是对想要得到的一切保持顽强的克制。

为什么呢？因为人如果没有理性，就是一个失控的人，而一个失控的人是无尊严可言的。

在物质利益面前失控的人，将损失尊严。爱占便宜的人往往也没什么尊严，因为爱占便宜的人，其人格也会被便宜所占。

占的便宜越多，自身就越廉价，自然也就越没有尊严。

没有比尊严更贵重的东西，拿尊严作任何交易都会失算。我们一定要保持纯真的心不被污染，保持正直的灵魂不被扭曲，保持高贵的人格不被交易。

3 自信

内心的丰盛与蓬勃

▌ 人就是个矛盾统一体,难怪我们时时刻刻处于纠结之中。人生就像扭麻花,真是剪不断理还乱,引来愁肠百结,万千不甘!譬如自信与自卑,就像争相上爬的两只猴子,折腾得树木不得安宁。严格来说,过于自信与过于自卑一样,都是有害无益的。但是两相比较,还是自卑给予人的伤害多一些。自卑感若是能与自尊感携手同行,则是比较幸运的,因为这样的结合能激发心灵的抗争精神。◀

情绪低落时易感觉自卑

　　人们生造了大量负面的词，意念一触碰到就会驱动情绪下沉。人类这种挟纯粹的概念以自苦的习惯，真是莫名其妙。

　　谁没有自卑呢？除非他没有自知之明。天底下大概没有不自卑的人，只有不肯承认自卑的人。

　　人人有自卑，有些人的自卑以其他方式，甚至以自信的方式展现出来。不过，不是每个人每时每刻都在自卑，多数人只是在情绪低落时感觉自卑。一旦摆脱情绪低潮，自信就又占据主导地位，人就又昂首阔步、大摇大摆！

　　自卑者胆怯，但胆怯之人一旦意识到这一点，就会着力改变，使自己变得勇敢一些。这时候，自卑感就会转化成一种改变的动力，特别能激起人挑战不擅长的领域。

　　所以说，自卑本身并不可怕。自卑的真正可怕之处，是自卑者往往怠惰。自卑者将时间用于唉声叹气，而不是努力扭转自己的命运。

　　有些人习惯抱怨，却不知抱怨越多，勇气与信心越受挫。

　　说一百遍也不如自己身体力行地做一遍，更能增添信心。

　　自信的人策略上可能会"以退为进"，或"转攻为守"，但一往无前的趋势是不可逆的。

言必称"我"的人

我们脱口而出的"我",是哪一个"我"呢?在每个时点上,在每个心境上,在每个情绪上的"我",其实是不一样的。

有些看起来很自信的人,其实是特别要强,特别要面子的人。这样的人属于"伪自信",需要装备很多面具,以备不时之需,因而经常处于挑选面具的焦虑与面具被戳穿的恐惧与之中。

自卑是心痛的主要来源。究其原因,不是自卑本身会痛,而是好强唤醒了自卑感,自卑将身心都刺痛。

过于在乎自尊的人易受伤害,过于自信的人易受打击。

自信的人一旦受到打击,其受伤害程度往往比本身自卑的人高得多。

可见,自信是变相的自尊,打击自信就会伤害自尊。

越不自信,就越想强调"我"。强调"我"的人,实际上内心还不够强大。

真正强大的人极具安全感,他们对自我没有任何担心,因而也不必口口声声提及自我。

言必称"我",千方百计赢得别人的肯定与赞许,不只是虚荣心作祟,更是内心不够强大、实力不够与自信心不足的表现。

心理能量源自内在的强大

一个人只接受正能量，而将一切不美好、不精致的东西悉数抵挡在外，那就休想成为真正的强者。

"自信的人长什么样呢？"有个女孩子问我。

"自信的人长什么样？"我以为自己听错，复述了一遍她的问题。

"有人说一看我，就知道我不够自信。"她解释道。

我这才认真思考起这个问题，快速在记忆的仓库里检索了我认识的够自信的人。发现这么一个规律：自信的人好像都有一幅温和的面孔，散发着理性的光辉。

我想，这大概是因为自信的人生命力够旺盛，心理能量很充足。而心理能量来自于内部的精神世界，来自于精神世界的丰盛与蓬勃。生命力的枯竭，主要是心理能量的枯竭，即自信心的耗尽。没有什么比自信更能焕发精神的力量！唯有内心的丰盛与蓬勃，才是生命的华章。

要坚信，即使不会有更好的生活，也会有更令自己满意的自己。

要坚信，没了我当然也不是什么问题，问题是没了我这世界可能就会乏味一点。

自信的人一般不会缺什么，即使缺也有信心将来会有。如果一个人不能保障自给自足，自信就是暂时的。有些人因为年龄问题变得有些不自信，其实一个人无论年龄多大，只要够自信，怀抱希望，就是正当年轻，其自信也会写在脸上，焕发出容光。

4 成功

所谓捷径，有时就是最长的路

◤　成功有成功的法则，用古人的话说：一是"循天"，掌握自然规律；二是"性痴"，行事痴迷专注。前者，韩非子有言："循天，则用力寡而功立。"后者，冯梦龙说："性痴，则其志凝。故书痴者文必工，艺痴者技必良。世之落拓而无成者，皆自谓不痴者也。"除了这两条，成功的热望、意志力，还有勤和悟也很重要。很多东西你得不来，是你没有真正想要。一棵想要的心，是成功的基石与始点。纪伯伦说过："在人的幻想和成就之间有一段空间，只能靠他的热望来通过。"关于意志力，"撼大摧坚，要徐徐下手，久久为功"。"久久"二字，说的是要经得住时间的凌辱，算是对成功最好的注脚了。勤，简单来说就是下苦力，"愚公移山"、"精卫填海"精神是也，"滴水穿石"、"磨杵成针"精神是也。最后，悟也是相当重要。◢

挺过之后就是晴天

我们通常所讲的"挺过去"或"熬过去",往往言过其实,多数情形下只是"过过去",并不需要特别费劲。要立场坚定地暗示自己:没有失败,只是还不成功。

成功的人未必是启程最早的人,而往往是最能坚持的人。

所谓"捷径",有时就是最长的路,所以千万不要忽略坚持的力量。

具有成功素质的人是勇于承认缺点并善于改正的人,他们对自己的缺点锱铢必较,对别人的缺点则袖手旁观。没有成功素质的人则正好与此相反。

坚持意味着成功,耐心意味着希望。

在成功面前容易功亏一篑,在幸福面前容易失之交臂,都属于缺乏耐力。

做一件事情,当你觉得快坚持不住的时候,也就是最折磨人的时候,咬咬牙,挺过之后就是晴天。

奇迹,往往就这样悄然发生。

所谓"成功"

百分之九十以上的地球人都瞄准了成功与幸福这两条路，随之也就废弃、荒芜了总量占有百分之九十以上，而且很可能也很不错的人生道路。

成功与幸福尽管不是同一概念，但二者总是靠得很近。

成功了，起码会有短暂的幸福感。

于是，成功与幸福有时就有差不多的遭际。

譬如，成功是"欲速则不达"，幸福是"欲多得就少"。

现实的生活中，不少人将"成功"的含义想得太复杂了。

实际上，所谓"成功"只不过是你做了该做的事，而且将其做成了。

总结一下成功者的秘诀，无非是那些做事情最基本的要求，即把事情做到极致。

失败至少敲过成功的门

失败？就看你怎么理解了！我们可以向勇敢的探索者致敬，同时也应给迷途知返者点赞。

如果想要成功，走正路好，还是有什么捷径呢？

所谓"走正路"，就是不投机取巧，或不择手段。但"走正路"也包括敢于正视困难和应对危险。"走正路"，本来就是事业成功的捷径啊！

困难与危险不会自动消失，那些一味寻找坦途，见了困难就绕道、见了危险就却步的人，将付出更多的代价。

要撒多少次网，网住多少失败，才能捕获成功？成功需要付出的代价，原来就是无数次失败。显然，失败是通向成功的路径，应计算在对成功的贡献率之内。失败正以排除法，助你逐步接近正确的选项。

年轻人更是可以大胆地试错，因为年轻人跑得快，折返也相对容易。

建立在失败教训上的理论，比建立在成功经验上的理论更值得信赖。失败的教训往往是更为深刻、久远的，而成功的经验常常显得肤浅。失败具有更多的必然性，而成功具有更多的偶然性。

对于人类历史而言，所有的探索都是有益的，无论成功或者失败，都是人类整体文明成就的一部分。我们要像赞美成功者一样，对藉藉无名的失败者表达我们的敬意。

美好之物不易觉察的毒

不能说美好之物不好，而是说对美好之物的过度寻求，使还算美好之物变得确凿无疑地不美好了。

对于成功而言，勤勉自是不可少。但比勤勉可能还重要的，是做事的有效性。

不知道有多少人忽略了有效性，不知道有多少人在徒劳奔忙。

任何努力，若缺少对其有效性的考量，那不只是结果堪忧，当事者的生活质量可能也会受到很大影响。

"你看，大家都跟着你瞎忙白忙的！"别人会指责你。

"瞎忙"，是目标不明确。"白忙"，是不具备有效性。

明确的目标与行动的有效性，是事业成功必不可少的因素。

除了目标与有效性，精力集中对于成功也必不可少。

如何做到集中精力？一是减少无效社交，二是全力以赴。

然而，还有更重要的，就是要能够拒绝"美好"的诱引。"美好"的诱引，才是事业成功最大的障碍。

美好之物有着迷人的芬芳，却夹杂着不易觉察的毒，居久使人精力离散。

在通向成功的道路上，美好之物使我们沉迷与分心的概率，比不美好之物多得多。

"天才"也离不开笨笨地试错

一个人若智力平平，但异常勤勉与努力，也是有机会成为天才的。

不要急于出手，不要急于成名。急功近利，在准备不足或条件不成熟的情形下将自己推出去，有可能是失策。

有人说，如果是天才就另当别论吧？其实，所谓"天才"，也是有备而来的吧？

事业成功者中，靠所谓"天才"上位的，恐怕凤毛麟角。

所谓"天才"，无非是具备这样一些特质的人：目标更加明确，路径更加便捷，方法更加有效，神情更加专注，意志力更加坚定，信心更加充足。

譬如，爱因斯坦发明电灯，你可以说他是"天才"。但实际上，或许并非如此。他为了发明这个，在找到钨丝作为光源之前，试用了数以千计的发光材料制作灯丝。

可见，所谓"天才"，同样离不开笨笨地试错。这启示人们：只要愿意投入时间与精力，并能忍受失败的折磨，常人也可能有所成就。

每一条路都有未来

比较就是牵扯，心分就有旁骛。仅需抬头看好自己的路，低头拉好自己的车，相信每一条这样的路自会有未来。

对于成功来说，习惯和细节非常重要。在同等资质或同等条件下，习惯与细节更能决定输赢成败。

另外，兴趣对于成功也是非常重要的。没有深厚持久的兴趣，事业就难以坚持下去。

我发现，每个研究领域里都有财富或珠宝，有的是物质的，有的是精神的。只要我们衷心喜爱，愿意去撬开，去挖掘，去探究，一切都会有所得。

数学与逻辑对于像我这样的人来说是枯燥乏味的，但有些人则乐此不疲。如果长期固定从事某种工作，或者想在某一领域开创一番事业，不妨尝试将其先转化成自己的兴趣。

每一条路都有未来，只要能找到适合自己的那条路，并且坚持一直在路上。

5 感恩

没有什么是理所当然

▋ 强制人报答，不相当于将施予人的东西强夺回去吗？这不是变相的交换是什么？实在是虚伪和暴力！知足者更懂感恩。不知足者没有感恩的时间和耐心，想必他感恩的行动也很潦草，不是为对方，是为着快快了结内心的愧欠，了却一桩事。人既然自封"万物之灵"，感恩的对象就应由人及物。感恩形式上是答谢别人，本质上却是造福自身。洛克说："感恩是精神上的宝藏。"尼采说："感恩是灵魂上的健康。"心有感恩，处事待人自会更周详、更妥帖。懂得感恩，自有福报。 ◀

似乎被一种情愫慑服住了

　　命运总会安排你与同类相见，与你相见的那人于你很可能有着神奇的相互显化与点醒作用。

　　可能很多人有和我一样的习惯：当接受一件礼物，礼物拿在手中，眼睛望着赠送礼物的那个人的眼睛，内心的激动有想化作眼泪夺眶而出的感觉。

　　这时候，赠送的啥东西，价值几何，似乎都不重要了，温情盖过了接受礼物本身的兴奋。

　　你似乎被一种情愫慑服住了，卡在那里，不知所措。

　　这就是一种"感恩"情怀。

　　盛开的时候，花儿蓄满了对果实的祈愿与祝福。结果的时候，果子里浓缩了对花开的记忆与感激。

　　在人一生的成长过程中，特别是在懂得感恩的成年初期，若是有较多这样的体验，自然会觉得人世温馨美好。

　　就好像是那些帮助过你的人一针一线织就了一件保暖内衣，只要念及，就会感觉到如春之暖。

　　这种温暖以你为中心，像是没有边界，随意弥漫出去，弥散开来，粘着在万事万物中。

比黄金更贵重的品质

无论是付出还是索取，顺着最初的发心，循着原本的单纯，超乎利益与私欲，就总有心安，仿佛将人生的航船停泊到了那个专属于你的泊位。

我感受到：接受人恩惠的时候，恩人同时给了你两样东西，他的财产和他的善意。

所以说，赠人黄金的人，其品质比黄金更贵重。

恩惠这么好，自然会有人觊觎其中的利益，并加以利用，企图以表面上的"恩惠"骗取实际的好处。有的恩惠来者不善，另有所图甚至包藏祸心。对于这样的人来说，其释放的所谓"善意"，实际上是虚情假意，是一种非常高明，却也非常卑鄙的投资策略。

还有，接受别人恩惠的物质，同时也接受了比这物质更贵重的恩情。怕只怕偿还得了别人的物，却欠下永世难还的情。

换言之，你接受别人恩惠的黄金，你日后还得了黄金，还得起由恩情滋生的利息么？

黄金有价，恩情无价。所以，接受自己认为承受不起的恩惠时，必须慎之又慎。

我的建议是，尽可能只在危难之时，接受最基本的帮助，将更多的恩惠留给更需要的人。我认为，这也是为人的一种品质。

一般性困难谁没有？尽可能自己克服。

没有什么是理所当然

别人的就是别人的，与你没有一毛钱的关系。你所认为的某些"理所当然"，可能纯粹是你自己的无知与霸道。

只要每一天都还能正常生活，我们就有足够的理由感恩。

清早起来，我们还能顺畅地呼吸，这难道不是生命的奇迹吗？

我们能好好地活着，每天能开启新的生活，这难道不值得庆幸吗？

将一切都视为"理所当然"，自然不会心生感恩。

几乎没有人会因为自己能看见、能说话而惊喜，且意识到应该感恩，因为缺少视力、听力等障碍的切身体验。也少有人会因为自己四肢健全而感到高兴，因为肢障者极少。更没有人会因为自己五官端正而心存感激，因为五官比例不对称的人占比不多。

人们常常为他人的不幸而唏嘘，却少有人为自己身体健康、心理健全感到庆幸、感恩和祝福。人们往往意识不到身体健康、心理健全是最该珍视、最该感恩之处，是整个生命的核心，是全部幸福的基石。

人们会说："这有什么呀？""不都这样吗？"

人们不太看重众人皆有、皆具备的东西，哪怕这些东西对于每个人都大过天。人们过于关注只有极少数幸运者才有的稀罕之物，特别是那些与富贵、权柄相关的所谓"优质资源"，争而抢之，掠而夺之，瓜而分之，这就是人类痛苦之源。

细数日常生活中的"小确幸"

不求其大，但求其有，不求其烈，但求其绵，幸福生活才会长久。

向周遭开放你的感官，让虫鸣兴奋你的耳朵，让鲜花的色彩愉悦你的眼睛。

让草莓在你的舌尖留下甘美，让玫瑰在你呼吸间散发芬芳。

咬一口苹果，当那甜润的汁液在唇齿之间流动的时候，要屏声静气地表示感谢。

尽情享受大自然的每粒砂、每片叶、每朵云、每颗星。

就这么数数日常生活中的"小确幸"，有感觉么？

谁都可以亲尝，谁都可以做到的稀疏与平常，你领受到了，才是对上帝劳动成果的尊重与感恩。

感恩是离幸福最近的词

知恩图报的人，是揣着良心过日子的人。

大自然提供了各式各样、无穷无尽的玄机，以让人类感受世界的浩瀚无垠与丰富多彩，并让我们体验到生老病死，及其带来的各种面向与维度的情感。

大自然不断生养了我们，还生养了我们的祖祖辈辈。大自然以和风细雨滋润我们，用暴风骤雨考验我们，又用变幻莫测来锻炼我们的应变能力。

大自然给了我那么多，我给了它什么？我觉得，每个这么问的人，才是真正有良心的人。

不要将"良心"理解得太狭隘。"良心"不应仅是回报社会上有恩于我的人，更应该回报我赖以生存与生活的环境，以及大自然的一草一木。

感恩，是离幸福最近的词。细细体验，感恩的每个闪念里，已经幸福满满。对大自然的感恩，离天堂最近。感恩大自然，就会获得大自然最好的安排。

当心中默念着大自然给予的美丽与丰饶，当心中默念着别人的脉脉温情，幸福就这样静静地在你的心间流淌，就这样无声地在你的笑容里绽放。

如果有人一点感觉都没有，那我想或许其人生被不太重要的什物塞满了。

一个人的"心觉"闭锁太久了，接不上地气，乃至不能从鸟语花香中接受美好，不能从人间烟火中感受幸福。没有比这更遗憾的人生了！

不铭记恩情是一种卑劣

恩情所要求的价值，其实不是记取，甚至也不是报答，而是传播。感谢恩人固然重要，但仅囿于此，则"恩情链"断于此。

"不记旧怨是一种美德，不记旧恩却是一种卑劣。"我忍不住写下这句话，缘为我的人生经历，缘为我帮助过的"有的人"。

自忖我不是个图报答的人，因为帮助别人本身就是一种幸福，故此才有"助人之乐"之说。

我不解的是：为什么"有的人"得到你的帮助了，然后就在你的生活中悄然消失，再见已然形同陌路。

对于不记旧恩的"有的人"，按说我该鄙视的。不过，我还是愿他们有什么"隐衷"，比如表达的障碍，比如心理方面的原因。抑或，他们本来还是想表达一下感恩的，但因为时间相隔久远，失去了表达的最佳时机，拖到现在竟然不知道怎么面对了。

可是，若是你骗取了我的信任与帮助，随后还如法炮制，一再玷污我的善意，不惜将自己的人品踩在脚下，那你就在路人的侧目之中继续前行呗！

世界上总要有品行卑劣的极少数人，来反衬别人品质的高贵。

享受世界，维护世界

人品在细节中胜出，微末之事，鉴出操行。

感恩是向阳的植物，心存感恩，人生就倍感温暖。

世界的一切都是你创造生活的原材料，有的好用，有的不好用。跻身于这个世界，每个人都应凭自己的好恶各取所需。那些好用的，你就尽管用，但应心怀感恩。

那些你认为不好用的，别人可能觉得好用，同样要感恩它们的存在。感恩由于它们的存在，没有人来与你争抢你认为好用的东西。

无论如何，请记住你不是这个世界的可怜人，更不是这个世界的受害者，而是实实在在的受惠者。

你每日领受着大自然数不清的恩惠，每一束阳光，每一缕风吹，每一片叶子的摇曳和每一朵花的芬芳。

我们要怀着感恩的心情，努力成为这个世界上美好的事物，至少要成为这个世界上美好事物的一部分。

而且，若不能给世界创造什么，就尽量从世界少取走一些。每个享受世界的人，都要尽可能维护好世界。

在单调与重复中修身养性

单调与重复里分明有宁静、安祥与和谐，分明有低回的韵律与节奏，分明有歌。就像小和尚年复一年地劈柴担水，这种修行定是有回报的。

忙碌、奔波、单调的重复，我们有时候会很讨厌这些，对吗？

我们很少能意识到忙碌、奔波本身是一道风景，尽管寻常了点。就像认真负责的人身上有一种坚韧执着，甚至令人痴迷的一种美，可惜少有人懂得欣赏。

忙碌、奔波至少会使我们充实。所以内心空虚的人应该感恩忙碌、奔波，忙碌使我们没那么抑郁烦闷，奔波使我们体验到自由。

只要你能感恩自己有忙碌、奔波的机会，接下来你就会想法使忙碌、奔波变得有趣。因为人感恩一样东西，就自然而然地想为它做点什么。

同样的道理，也不要对日复一日的单调与重复积有怨言。正是日复一日的单调与重复，锤炼着我们的品质，使我们的个性尽显温和。

大部分日常生活都是单调与重复的。没有单调与重复，日子会变得没有根基，幸福也没有恒久一点的落脚处。

多少人为了养家糊口，必须日复一日地重复单调，忍耐与坚守。

面对单调与重复的劳动，请流下感动与感恩的泪。

无论这泪是为自己，还是为他人而流。

爱自己是献给父母最好的礼物

天下父母在对儿女的期望上，假如都能排除自私，将会在这一问题上达成共识：不指望孩子将来回报给他们金山银山，也不指望孩子将来大红大紫，而是希望他们身心完整，无缺无损。

感恩的品德就像一块磁石，聚拢人脉与幸福。

许多人知道感恩别人，就是不晓得感恩亲人。叛逆期，恨都来不及，哪里还会想到感恩亲人。

在外面受气了，有时还会将气撒到家人身上。有时候，我们还任性地嘲弄、奚落、挖苦或蓄意刺伤亲人。想想亲人承受了你多少无理取闹，以后千万要注意啊！

可以找亲人撒娇，但不能向亲人撒气。我们对亲人自始以来就是亏欠的，亲情不图偿还，但应备加珍惜。

对亲情带来的温暖缺乏敏锐的感知，是因为亲情离得太近太近，近到似乎凡是亲情给的都是理所应得的。因而，我们经常对亲人漠视、不敬甚至冷酷。

家庭生活中最重要的，要数亲情。亲情最可贵的地方，是你可以随时随地喊爸爸妈妈。他们或许总是爱理不理的，但无论他们搭理或不搭理，你都还是觉得这是全世界最安全的地儿。

感恩父母最好的方式，就是要代替父母一直照顾好自己。爱自己，永远是献给父母的最好礼物。

列一张感恩与爱的清单，对那些爱你的人你要感恩，对那些需要感恩的人你要去爱。

6 博爱

没有什么比被爱恩宠过的时光更柔软

博爱作为爱的顶级形式，是一种大爱、泛爱，是对万事万物万众的一种慈悲。人生在世不过百年，没有精力爱一切，也尽量多爱一点。爱是桥梁，非经过爱这座桥梁，走不进任何人的内心。爱是药剂，特别是精神的病痛，没有爱很难治愈。正因为如此，“博爱”成了人类最受欢迎的“万能险”，是存世最久，险民最多的“平安保险公司”。“博爱险”属于终身险，无须申购，人手一份，一出生即生效，凭爱心兑换爱心。博爱不仅是我们需要崇尚的操守，也是我们需要建立的格局。心无大爱，操守必然鄙陋。胸无大志，格局必然狭小。

年华因为博爱而灼灼其辉

胸中有爱，心情便会好，当然会眉开眼笑。而笑意盈盈、热情洋溢的样子，会自然而然地吸引到别人的目光。

爱就是阳光，普照万物。爱就是雨露，滋润万物。

缺少爱，简直无法生长。即使能长大，也会有这样那样的毛病。

在爱中沐浴的人，应对得起这份爱，并通过自己的实际行动，将爱的光热传导给别人。只私享而不传导，爱的通道会变得幽闭而又狭窄。爱与天地，从根本上来说是没有界限的。任何不与外界连通的爱都不会得到好的成长，而传导出去，爱就赋予了新的生命。

爱是丰足，亦是圆融。爱没有歧视，各种各样的爱都是平等的。一滴水的爱，与整个太阳散发出的爱，具有同样的价值。

爱是灵魂的眼睛，能借助神性的光看见更多。

爱是装不出来的，因为爱不是伪作，不是欺骗，而是诚实。

爱是感动世界，因而也是赢取世界的方式。

爱融化了我与时光之间的所有隔阂、纠结，年华因为博爱而灼灼生辉。

没有什么比爱镀染的时光更具有华贵的品质，也没有什么比爱恩宠过的时光更柔软。

让竞争成为竞赛

人世很无聊，证据之一就是人类缺乏游戏精神，无能到没有办法将一切的一切转换成一种全地球子民参与的游戏。

人有时真的需要从别人身上吸取点温暖与力量，单靠个人积蓄的能量不是说过不去，而是过不好。

一个人在极为不堪的时候，依靠自己的力量很难走出来。关键时刻助人一把，送别人一片"祥云"，那你也具有了与"救星"同等的仁慈。

这应当是"助人"最高的乐趣吧！

互爱互助，而没有利益的纷争与纠葛多好！可是，天难遂人愿。

竞争与互爱，有时很不融洽。故此，必须要竞争时，务使其朝向良性发展，使无损于同类的善良、真诚与友爱。

我总觉得，竞争应当是互相促进的工具，而不应该成为损人利己的暗器。

竞争有可能成为一场充满欢歌笑语的竞赛么？

博爱需与高尚的灵魂相结合

真诚的微笑再无痕也很有力量，一丝苦笑也能让对方领受到人世怜悯的温情。

爱也常遭遇尴尬与无奈。

爱是大德，可有些盲目施予的爱，又愚蠢至极。博爱一定要与高尚的灵魂相结合，否则就是滥爱。

爱是好的，但无论是"施"还是"受"，过程中经常有不顺利的地方。

这说明，爱是最讲缘分的，有时要经历辛劳与磨难、误解与委屈，久经曲折才能抵达，才能使对方感受到。

即使能感受到，对方稀罕不稀罕，愿不愿意接受还是个问题。

这个时候，我们唯有用真诚地微笑来自慰或是自嘲了，希望我真诚的微笑不会滋扰你，希望我深情的凝视不会是自作多情。当然，若是可能，我更希望我的微笑能给你多一点力量与温暖。

爱的尴尬与无奈，还在于爱易被误解。但我想，被误解、受委屈所带来的悲凉之感总是暂时的吧！

你是否有这样的体验：暖透心窝的，更是"跳进黄河也洗不清"的冤情澄清过后或"百口莫辩"的误会消除过后那种雨霁天晴的感觉。

所以，无论怎样都还是要相信爱。

每个人都是上帝的病人，缺少了外来的抚慰与关爱，谁都不能健康成长。

有可恨的人却没有敌人

我们在青少年时期都是爱憎分明的人，爱憎分明的人有一个鲜明的特点，就是有两个心魔，时刻潜伏。这两个经常出手打斗的小魔兽，一个叫爱，一个叫恨。

生命是用食物来塞满，用知识来装备的么？

都不是，生命是爱的结晶，是用爱来充实的。

生命如果没有爱，就像江河湖海没有了水，有干涸与沙漠化的危险。没有爱，也能活着，但肯定活不好。

肮脏、龌龊的灵魂里没有爱心留驻的空间，那里只会滋生蚊蝇一样腐臭恶心的秽物。

而爱是欢快、清澈、灵动的圣水，能冲荡、刷净灵魂里的污秽。

爱还能化腐朽为神奇。

完美、圆融而理性的爱能保持内心平和，免予恐惧且不受任何外物的误引、教唆与伤害。

爱是光明。爱之光明里，有安全、有温暖、有勇敢，有爱与欢乐。

让我们做一个内心里灯火通明的人，照亮自己，温暖世界。

爱，可以有你恨的人，但并没有敌人。

爱是生命的维生素

爱与生命一样，一味靠维持是不会长久的，必须停用维生素，激荡出心灵的原生力量，激浊扬清，培元固本。

没有爱，就像树没有干，撑不起来。

有爱而不传递爱，就像一潭死水，没有流动就没有欢畅。人也会越活越死板、僵硬，缺少动物最基本的活焕与机敏。

有爱，人才成为人。抽去爱，人就是四肢动物，徒具人形。

人世间最值得壮大的，是爱的力量。爱的力量不是财富，却是财富交换不到的珍宝。财富办不到的事情，爱却可以办到。

心中有爱的人才有资格训斥别人，饱含爱的训斥才对人有益。否则，于人是有害的，于己是有罪的。

心有所爱，胜过黄金满屋。

有爱才有宽容，宽容是爱流出的汁液。

爱只是流经与渗透，而不择美与丑、糙与滑。

就像容易口腔溃疡的人，需要多吃菜蔬和水果。我坚信，爱同样是生命的维生素。

7 宽容

给别人以出路，给自己留退路

�为什么需要宽容呢？因为人不可能不犯错。是否所有的错误都要被宽容？当然不是。宽容是爱，无边的宽容却是害。我们犯了错误后，总是期待别人宽容。若是不宽容呢？不是怪人家"鸡肚心肠"，就是"表示遗憾"，甚至心生怨恨。这就奇了怪了！"宽容是情分不是本分，是权力不是义务。"我愿意宽容是我的权利是你的造化，你没有被宽容也是你原本该有的责罚与承担。对于成年人来说，宽容是责任，不宽容也是责任。譬如，若是你的宽容造成别人的懒惰，那就是纵容。有人总结得特别好："过往的错事不加追究，为宽容；当下的恶行不加过问，为纵容。"▸

不控之控

若是爱引起了你不自由，乃至不爽的感觉，爱已经不再单纯，控制力增强却也徒劳无功。

就像欣赏景物一样，我们要看最赏心悦目的地方。看人也是如此，要看别人的优点、主流和好的方面。

宽容别人，等同于赋予自身更多自由。否则，你这个人也看不惯，看那个人也不顺眼，那你走在人潮中，想是有多难受啊！

谁都看不惯的人，无异于在荆棘丛中行走。

心有多宽路就有多宽，肚量有多大福祉就有多大。

宽容是一种特别的控制力，是不控之控。

爱与宽容实质上都是影响力，是一种自动扩张，且将能征服一切的力量。

爱与宽容均属于高贵的品质。具有这些品质的人，不会以别人现在的样子来看待别人，或草率、武断地定义别人的一生，而是相信他人的将来是美好的，并给予良好的祝愿。

给别人以出路，给自己留退路

　　世上真正需要你包容与宽恕的人与事并不多，假如别人并没有过错，也根本谈不上需要你包容与宽恕，那就是自以为是、自作多情或自不量力了。

　　宽恕就是放下，不宽恕就是不肯放下。

　　不肯宽恕别人的人也不会宽恕自己。

　　宽恕不仅是给被宽恕的人以出路，而且很可能也给自己留了一条后路。

　　道理很简单，你不宽恕别人，不给别人留出路，等同于剥夺了别人悔过自新的机会。那他可能会继续作恶，你反倒可能没有退路了。

　　宽恕是有回报的，那些你宽恕过的人日后可能是你的恩人。

　　如此看来，宽恕不是一种赐予，而直接是一种远期收益。

　　宽恕是不是进入天堂的入场券呢？

　　上帝应该不会接纳宿仇未了的人进入天堂吧？

"宽"人先"恕"己

几乎可以肯定，世上没有任何一个人，对你比你对自己更不满意。即使是对自己信心满满的人，也不免感叹：假若时间允许他重新来做，他一定会做得更好。

宽恕，不仅是对别人，而且是一个正常人对自己首要的道义。

一个人如果连自己都不能饶恕，还能指望他宽恕谁呢？

宽恕是利己，也是互惠，因为放过别人就是放过自己。不会放别人一条生路的人，自己也不会得到放生。

像善待自己一样善待他人，像宽恕他人一样宽恕自己吧！

只要你愿意，总是能对人更好一点。爱完全可以更多一点，恨绝对可以再少一点。

有些人，不唯对别人耿耿于怀，对自己的过错也一直放在心上，仿佛来世上一遭，就是为了记恨与忏悔。这是一种典型的"责难型"人格，像极了一棵"责难树"，枝枝叶叶上都写着"斥责"、"指责"、"责备"、"责骂"、"谴责"、"自责"，不一而足。

有人说"求全"才能"责备"，似乎这种人是为人处世标准甚高，这不过是表象罢了。实际上，这类人心理上是有问题的，因极度缺乏安全感、害怕被忽视便调用较高的控制欲平衡内心的怕。

家庭和社会都不欢迎这类人。

道德的"高地"与宽容的"门槛"

道德这玩意儿,审判是对着别人的,别人却不一定知道,不爽却是留给自己的。

我常想,若是我们承认并接受人世的不尽美好、不尽如人意,接受人性的顽劣与缺陷,就断不会有那么多令人望而生厌的人,甚至自己也不那么嫌恶自己了。

将人世、人性想得太好,实际上是在培养自己的嫌恶心,因为你无形中筑高了宽容的门槛。

任何缺点我们都不容许存在,任何错误都不允许出现,也不允许犯第二次错误。这种无论是给自己,还是给别人下死命令的"自我加压法",实在是值得商榷。

既然别人也有缺点,也犯错误,为什么独独不容许自己有些缺点,不允许自己犯些错误?

将目标设定在不犯大的、原则性的错误,对缺点也持一定的包容心,那我们过得就会轻松很多,与他人的关系也定能融洽很多。

不少人业已养成盯着别人缺点、错误不放的习惯,于人于己都很挑剔。有的家人也追着亲人的缺点与错误不放,一再提起,其实也就那么点不足而已,完全没有什么大不了的。

有的人还以能"一下子"看准别人的缺点与错误而觉得自己了不起,大肆评论不在场的人,或是当着众人的面直接指斥。

我觉得,一直盯着别人缺点与错误的人才是最可恶的,而有缺点、犯过错的人却可爱不少。

打破禁忌得自由

不要轻易给别人下结论，很多事情，是对还是错，时间才能作出最权威的回答。

在人一生经历的亲密关系之中，陪伴极为重要。

陪伴的价值何在呢？有人说，陪伴是有人一起玩儿。有人说，陪伴就是心心相印，使人感觉到温暖、支持和不怕。有人说，陪伴就是有个人聊天。更有人说，陪伴就是吐槽多个地方，有个随身带的垃圾筒呗！

是也的确是。供你任性，供你吐槽，供你发泄，亲密关系的这种功用，对于治愈心理创伤，缓释郁闷，不可小视，不可或缺。亲人或朋友对此无疑是包容的。但是，包容归包容，你就没有感激之情么？

从根本上来说，别人没有做你的树洞的义务。所以，我们在找人陪伴的时候，不要全然不顾陪伴者的感受。每次陪伴，都要念及陪伴者的承受、接纳和包容。

做一个包容的人，实在需要学习，特别是对人性的理解，需要到明心见性的程度。

总体来讲，具有宽容品质的人，是智慧达人，比被宽容者懂得更多。例如，做一个宽容的人，应充分尊重别人的禁忌，而应尽可能多地打破自己的禁忌。

对于宽容者来说，破除禁忌，就是获得自由，因此不会轻易被别人的莽撞与冒犯刺痛或激怒。

8 善良
现实世界的平衡木

▶ 要知道善良是什么，仅需搜索名人名言就行了。然而，名人说出的善良，是他们自己的善良。每个人都在用自己的方式增进善。世上有万千条路通向善良，正如草坪上的草，参差不齐，有时甚至是良莠莫辨。老子就说过："善者不辩，辩者不善。"你所谓的善，真的善吗？善就好吗？人性中有仁善的倾向，有时也容易犯错误，或者被人利用。不践踏人是善的，踩踏草善不善呢？善是表里如一的。表里不如一，极有可能是伪善，或者是勉为其难之善，这两种善其实已接近于恶了。不作恶，已经在为善了！ ◀

大自然的"平衡律"

万物各有悲喜，人世并不太平。但是，也许正是因为如此，上天才对大自然作了最精心的设计和最妥当的安排。大自然有着最强力的"平衡律"。

大自然有一种美妙的"平衡律"，人类社会也是如此。

一个人多出的善，总会被另一个人多出的恶所抵消。真善美与假恶丑，也大抵是一半对一半。

这或许就是地球的"生态平衡"，或者人类的"命运轮盘"。

当然，我们现在看到的真善美多一些，假恶丑少一些，是人类集体恐惧产生的积极作用。这种作用，是在人类集体无意识状态下运作的。

每个人都怕遭遇不幸，多数人就觉得抱团取暖比较安全。

如果说我们生活的这个世界总体上还算安宁，社会秩序和公平正义主体上还算不错，这并不能证明善良多有力量。恰恰相反，正因为善良的力量微弱，甚至称得上势单力薄，人类才在无意识层面达成共识。

这个共识就是：共同推进真善美，合力抑制假恶丑，并将此作为永久的事业。

有鉴于此，地球任何时候毁灭，人类总体上得失、功过、是非基本相当。

所以，不管做什么事或做何种选择，就不用那么患得患失吧！

行善是自觉自愿的美德

行善必须尊重个人的意愿，这应该成为一条规则。

心存善良固然好，但善良若不能现于行动，就是伪善良。

盲目的善是一种病态、一种愚蠢，真正健康向上的善里有天然的智慧，以确保善的圆满与不被利用。

某些时候，过于善良是对自己的恶，只会使事情变得更糟。不加遏止或"不知改悔"的善可能带来恶果。

行善是一种美德，但并不是每个人都有行善的义务。强令行善不是善，行善者心甘情愿，行善才获得正当的理由。

行善是自觉自愿的美德，但若强求或致使有不爽的感觉，善就变成了恶。

平等是善的渊源之一，过于平等与不平等有近乎相同的效果，那就是滋生恶。

先有内在的秩序，才有外在的秩序

内在平静，则外在冷静。内在花心，则外在花哨。个人的自律意识，带来个人行为的规整。

人一旦丢失良心就会变成"食人魔"，社会一旦丢失良心就会变成"食人窟"。

良心是现实世界的平衡木。良心虽弱小，却是人类社会的支柱。故此，先建立好个人内在的秩序，才能建立整个社会的秩序。

善不是"速效救心丸"，但善自有一种神奇的功能和效用，总是能逢凶化吉，转危为安。内心的善是茫茫大海的"诺亚方舟"，能将人渡出生命绝境。

良心还是人性的岗哨，防止恶跑出来。良心不能遭蒙蔽、遭胁迫，必须得确保它的独立与自由、纯粹与高贵。

为什么善良的人感受不到法律的约束？因为法律就是善意的蓄水池，而善良的人本身就是按善意行事的。当然恶法除外，恶法总是欺侮善良的人，使善良的人倍感凄凉。

每个人都是移动的磁场，每个人都有吸附力与排斥力，前者亲和，后者疏离。亲和的人之所以可爱，是因为他们具有与善良相近的个性与品质，随和、温厚、宽容、真诚、温暖。

所以，尽力做一个亲和力强的人，热心快肠，经得起玩笑。

"嘴上慈悲"

人们最讨厌"嘴上慈悲"。伪善不如干脆无善。

有些话宁可留在心里憋死，也不要说出来让别人憋屈。

同情是一种令"施"、"受"双方都颇感尴尬的情感。

同情，只是自身优越感的另类表述。所以，要谨慎使用同情的权力。使用不当，同情也会是一种暴力。

同情，还真要看对方愿不愿意接受。有些人还要考虑同情者的动机、资格与品质。我心里都鄙视你了，你还同情我？道德高地不是自己能占领的，有的人可能"德不配位"。

同情确是一种善的发心，但这种发心还未经风雨检验。不少同情只是一种对待同类的本能，见心起意，具有不彻底性，因而可能还存有虚伪的成分。其虚伪之处在于：当有人需要实际支持的时候，我们不是给得太少，就是给的不是对方最想要的。再说，同情实际上也是对自身道德感的维护与心理平衡的需要。

无论如何，有，定聊胜于无。当别人确有需要的时候，尽力施以援手吧，而不是没有任何实质表示的"嘴上慈悲"。

良心的甘露

良心不是不能藏起来，只是藏到哪里都不是个容易事儿。稍微做错什么，那个东西就如针扎般地痛。

收存一些小感动，留待日后重温。制造一些小感动，犒赏自己的良心。

容易感动的人都是善良的人。容易感动的人，常常在感动之中"提纯"自己，使善心具有更加真切、浓醇的品质。

感动的泪水，总是将人的灵魂洗濯得柔和洁美、温润敦厚。

感动的泪水，可谓良心的甘露。

容易感动的人经常为别人所感动，同时也经常为自己的善良所感动。可见，善良的人是有福的，总是能收获双份的感动。

人的良心仿佛是"甘露寺"里的深井，是永不干涸的灵泉，一直默默地滋养着我们的心灵。要呵护好自己良心，使其不受污染，更不让其受委屈。

良心虽则柔软，但始终如一的坚持能使它越来越坚韧。这种坚持，需要泪水来参与。无论是感动得热泪盈眶，还是委屈得泪水涟涟，都能增进自己对同类的功德。

行善，少不了会受委屈，这真是件匪夷所思的事。不过，委屈的泪水流过之后，是不是为自己的善举而感动，为自己没有被误解打败而欣慰呢？

不要在自己的良心上"钉钉子"

每做一件坏事，就仿佛是在你的良心账上记上一笔，末了会约上你算个总账。纵使悔恨的泪水流干，也抹不平内心的痛苦。

你要是想亲近自然，就得足下留情。

很多人能够做到不破坏环境，不损毁树木，但对举手投足约束不够。例如，兴之所至，可能有人手就痒痒了，想折些花枝带回家。这在野外还情有可原，但如果是公共观赏植物，这样做就不妥。

足下，也是如此。我们常常能在乡间的田埂上瞅见野生的小花，也常常能在城市的人行道上惊喜地看见破碎的水泥路面上，竟然会长出一棵小草，或是一棵小苗。这是多么难得的景致啊！你觉得通常不可能的事情发生了。仿佛是有些俏皮的小顽童与你捉迷藏，使一成不变的生活突然花样翻新。

通常，我看到这样的小植物，都要驻足赏玩一下，或者拍照留念。尽管总有一天，有个走路不看路的冒失鬼失足践踏了这抹实在太不起眼的春绿，但让它多留一些时，总会有更多人受惠吧？我觉得，善待一切就是善待自己。任何虐人、虐物的行为都是在往自己的良心上"钉钉子"。

使用或消费这个世界不可任性。当我们使用地球的时候，要想想尚未出生的人，还有已经长眠于地下的人。他们会同意么？你若执意破坏、损毁，那好！不是说举头三尺有神明吗？我不迷信，但我还是认为某个时候你的良心会站出来斥责你。

那些为了眼前利益大肆损毁大自然的人也不在少数，甚至无谓损毁自然景观的事也时常发生。对此，我只能说：人的身体若无善良这种美德来支撑，就只是某种动物性的东西。

如果末日真的来临，我给地球的留言是"谢谢你任我驻足停留"，而不是"谢谢你让我肆意践踏"。

9 人生

....

别将日子过得像"赶场"

▮　希望与绝望的交替，生与死的循环，这就是人生。青春期，重在体验，成败得失均在其次。青春甫过，重在经验，成败得失更是应当看淡。没能将人生看淡，就是执着，人生自是过得沉而又重。庄子云："人生天地之间，若白驹过隙，忽然而已。"苏轼有言："人世一大梦，俯仰百变，无足怪者。"还有更贴切的人生表述，"人生直作百岁翁，亦是万古一瞬中。""浮生聚散云相似，往事微茫梦一般。"道理讲的就只有一个，不必事事当真，不必件件挂心，不必过于计较。当然，人生主体上还是不能敷衍，就像桥还是要修，要不然没办法到达彼岸。　　　　▮

人生两大"必学技"

如果说谋生是一种技能，享受生活则更像是一种意愿。只要愿意，即使再贫穷，也是可以享受生活的。

如何谋生与如何享受生活，这是人生两大"必学技"。

谋生，若仅为基本的生存之需，诸如养家糊口，食饱果腹，这是正当、可以理解的。但我所见到的境况是，很多人早就远超这个生存之需了，衣食完全无忧，但这些人仍然在奋斗不止，拼搏不息。也许，世界上确有一部分人以劳动为乐吧！

人各有志，这自然无可厚非，只是感觉到另外一部分人奋斗的目的只是为了机械地增加财富，而这也并没有增加他们的乐趣。我想，这些人是不是占有欲太强了，认为好的东西一概想据为己有。这就像一个买书人，买了一屋子书，却从来不翻看一本。

这是一种"囤积病"，或者是还没有体验到"开放式享受"的乐趣。"占有"形式多样，最厉害的莫过于"无形之占有"，亦即"心占"。

把篮子装满的人是个能装的人，但不是一个会装的人。会装东西的人永远不会将篮子装满，装满了篮子的东西也未必是真正的好东西，真正的好东西永远是待装的东西。人生就如同这样的篮子，必须少装、精装，眼收、心藏。

我坚定地认为，人生重要的不是占有，而是享有。你享有这个世界，你就是这个世界的君王。而人生装载的东西越多，生命的空间被物质的东西塞得满满当当的，生命也就越不是自己的，人生越是被那些东西所占有。

过 "有目标的生活"

唯有过 "有目标的生活"，才能将我们从不安和逃避中解脱出来。

有人主张 "先苦后甜"，但 "先苦" 是否能保证会 "后甜" 呢?

我常常想，若是一个人在谋生过程中也能享受生活，那他就赚了。

目标是生活的着力点，过 "有目标的生活"，会使人生变得更有效。

我们 "先苦后甜" 也好，奋斗、拼搏也好，目标都是更好的生活。如果不是为了更好地生活，我们所有的行动都将失去意义。更好地生活，这是所有人应当确立的人生目标和从事一切工种的理由。

但是，谁能为你打包票奋斗、拼搏之后就会有 "更好的生活" 呢?所以，试着将奋斗变成一种享受，或者至少做到边奋斗边享受吧!

至于拼搏，拼搏应该是人生的一些不可多得的巅峰体验，好钢要用在刀刃上，关键时候才派上用场。

为此，要学会养精蓄锐，为的是在需要拼搏的时候能拉得上去，一举攻克或拿下。

养精蓄锐需要张弛有度。故，胸有大志就行，心贵 "恒" 而不贵 "狠"，劲贵 "韧" 而不贵 "猛"，日常更需要平常心待之。

还有一点也需要纳入思考: 奋斗与拼搏当然也是重要的，但是如果天就是不遂人意，是否就必须 "头撞南墙" 呢?

不如亲历与亲证

老话没一句不真，因为都是从经验来的，而经验是一切学问之母。

获取知识，获得经验，是丰富人生的主要方面。在获得经验方面，人们多数获得的是间接经验，也就是书本上的、别人的历史或现实经验总结。

间接经验是二手的经验，人不可能什么事情都亲历，特别是危险的、易上瘾的事情。

所以，人生有相当一部分是别人帮助我们过的。

换句话说，我们有的所谓"人生感受"，受了历史的、他者的影响。

那么，可想而知，其中又有相当部分还很肤浅、模棱两可、鱼龙混杂，乃至是以讹传讹的。

有鉴于此，我觉得直接经验对于高效的人生极为重要。获得直接经验，需要身临其境去亲历、去体验。这样，获得的人生感受才真切、清晰，有分量、有烙印，有味道、有正见。

什么事情，不要贸然否定，不要盲从他人，甚至不要轻信众议，尽可能亲身参与、体验一下。再多的二手经验都不如亲历、亲证。

相信亲历、亲证更有利于弄清事情的真相与原委，更能咀嚼出生活的真汁原味，这样的人生感悟对于人生更有裨益。

占有越多越不自由

占有并不等于等到，不占有也不意味着没有自己的份儿。占有之前，最好明思慎辨，因为占有物可能会给你找麻烦。

人生是重于"占有"，还是重于"体验"呢?

我觉得，"占有"其实是一种限定，一种围于，意味着你可以选择一些事情、一种生活方式，但对更有意义的事情、更精彩的生活方式就只能舍弃。

如果人生只是占有，那么获得的东西越多就越不自由。

而体验式的人生不以占有为目的，因而总是能经历更多，获得的对于人生的感觉更丰富，感知更完整，感悟更正确。

毕竟人生时间与精力有限，获取知识有限，获得间接经验有限，亲历人生获取直接经验更加有限，所以要懂得选择与取舍。

用心与专注能使人生变得更紧致、从容、自信，而且高效。

体验人生，要注重体验人生的质地与细节，关注智慧的灵动与机巧。

人生中有很多转念、转身、转向、转变的机会，要抓住这样的机会顺势而为，并尽可能使转变姿态优美、精巧、俏皮，使这样的瞬间成为人生精彩的定格。

逆风而行

逆风而行，人生更强劲有力，而且有助于人生体验的完整。

青春是播种的季节，中年是择其优者而栽培之的季节，老年是坐看花落花开，感慨人生白驹过隙的季节。

人到老年时才知道自己是什么样的种子，适合在什么样的土壤中生长，但为时已晚。这也说明，我们无需为了总结经验而活，而应为体验人生而活，只管播种，莫问收获。

还有，逆风而行可以享受更别致的人生，正如逆光在途可以看见更瑰丽的风景。

可见，只希望人生一帆风顺，只求人生如愿以偿，即便真的能一帆风顺、如愿以偿，就人生体验而言，那也是不完整的。没有经受过挫折，没有经历过泥泞，我将这种人生称为"跛脚"的人生。

只想过好的、幸运的、欢畅的人生，一方面要付出相当的努力去争取，另一方面要透支相当的能量防备忤逆意愿的结局。可想而知，这样的人生过得并不轻松。

什么样的人生都体验一下，好的与不好的，幸运的与不幸的，欢与悲的，才算是完整。

历经悲苦的人生超然洒脱

我们常听到人抱怨命运，其实，往往抱怨命运的人，命运并未特别加害于他。真正命运惨烈，而又意志坚强的人，反而不会怨天尤人。

不知你有没有这种体验，就是当你愿意将人生的一部分交给命运来安排，人生就轻松多了。

当你愿意将人生的全部交给上帝来安排，整个人就完全解脱了。因为人生中所有的不幸，只是执拗地相信自己能主宰命运，以及坚持与命运抗争所引起的不适。

我不是宿命论者，也不是在宣教，而是觉得，人生中有一点宿命观点与宗教情怀，可能会过得更好一点。

试着接受你无法改变的事实或现状，也就是在某些无力回天的事情上干干脆脆"认命"，人生之路就顺很多。

人们通常认为哲学不应该陷入悲观。实际上，参透了人生本质上的悲观，据此建立起来的人生哲学，才是真正平和、温暖，充满着悲悯之情的。

历经悲苦的人生超然洒脱，拿得起又放得下，这样的人生态度反而更积极入世。

相反，那些认定世界都是美好或一定会变得美好的，反而容易遭受挫折，并且容易在挫折面前一蹶不振。

谨防人生成为一场无意义的劳役

对于人生，人们有各种追求，有的刨根问底，穷究人生的根基与意义，有的孜孜以求，追索所谓快乐与幸福。无事可做的日子无聊透顶，十分难捱。或者书写人生，或者阅读人生，总之不要连人生这本书"翻都懒得翻"。

人生这本书有很丰富的内涵有精彩的画面，只有懒散无知的人才认为人生之书不值一读。

你潦潦草草地对待人生，难怪人生对你也敷衍了事。

漫无目的的人生的确可以过得很悠闲，但是切记"没有经过思考的人生是不值得过"的，"没有经过规划的人生是低效率"的，而不付诸实际行动的人生则更是没有根基、没有未来的人生。

人若想生活在"天堂"，必先在心中画好"天堂"的轮廓，并致力于持之以恒的行动。

如果你未明白自己过去都做了什么，现在这么干着图个什么，那你怎么可以期望将来能得到什么？

对自己的人生一无所知的人，所谓"活着"，只不过是行尸走肉。

如果你陷入迷茫，找不到人生的航向，或者陷入流俗，过着一成不变或重复单调的生活，那"生命的活性"就大打折扣。

人生没有明确的目标，就没有准确的航向，一切努力都可能是徒劳的。因为人生没有明确目标，即使偶然的幸运能得到一些东西，最终也会逝去。

如同一只蚂蚁背着寻来的果实，却不知道最终要搬往哪里，人生就变成了一种无意义的劳役。

被催逼的人生

古往今来流传着无数劝人惜时的歌章，强化着人们对时间的印象——摧枯拉朽，时不我待！被催逼、被鞭策、被期待的感觉，像是打翻了五味瓶，坚拒不尝也说不过去。

不是催逼别人就是被别人催逼，再不就是催逼自己。

即使自己当老板，也还是会被催逼的。员工与客户不可能对老板没有期待。就几乎没有不被催逼的人生。

除了员工与客户，家人、自己对于自身就没有期待么？

期待，就不是催逼么？

可见，职场人士是最可怜的。虽然看不见催逼的鞭子，但鞭影犹在。

希望、指望、期望，瞧瞧你有多少人脉关系啊！瞧瞧你该多"幸运"啊！

怎么就没人希望我、指望我、期望我呢？因为我"没用"啊！

有人为此沮丧，有人为此妒忌，有人为此自豪，有人为此骄傲，就是少有人为此感到不屑与愤怒，任由自由被他人以"希望"、"指望"、"期望"的名义侵犯！

"爱"又怎样？谁说不合适的爱不是一种侵犯？

有些东西，你有多幸运就有多不幸，你拥有多少就承重多少。

没必要活得紧追慢赶

时间在消逝。我们在无声无息的岁月中渐渐变老。世上没有能缚住飞逝的光阴的绳索。

已经走入误区的时间观念，自私自利的指望与期待，不切实际的目标与梦想，哪一种不是催逼呢？心上的鞭痕累累，只不过，你看不见而已。

人生一直在奔忙，仿佛就是一场在环形道上的赛跑。

多少人的忙碌奔波，实际上只是奔回儿时的梦想？

人生的逻辑常常就是这样环环相扣，而其中的顺逆，好些是自己把握不了的。跟从大势，才不会犯大错。人生支线与小路口上的一些闪失，花点时间折返就是了，有些得失并不重要。

人生是一个不断迷失与找回的过程。迷失的很多，能够找回的很少。故此，对自己、对人生少点期待如何？

任何人都没办法拿两辈子来活，所以这一辈子就没必要活得紧追慢赶的。

如果将日子过得像"赶场"，那这一辈子本就不多的好时光就被大大地压缩了。

下好生活这盘大棋

人们往往纠结于一时一地、一微一末的小得小失，却不经意间疏漏了更加珍贵的光阴。

一个人的一生得失基本平衡，今日你从世界取用多少，来日就得还回多少。但这并不是说，你就无从选择，选择就没有意义。

选择之于人生，是件非常严肃的事情。因为你的选择会导致某种结果，你的决定使得你的人生从此开始不同。

人生的每个选择都是再出发与新启程。再出发、新启程，想想都是令人激动兴奋的事情。

有的人在面临人生抉择时，纠结、痛苦、迷茫、焦虑，这是再正常不过的了。人生是棋局，每个人都在"下生活这盘大棋"，节骨眼上一着不慎可能全盘皆输。在某些时候，人生又更像是一场豪赌，胜负难以预料。但正是面临这些抉择的紧张感，或者支持感，使我们的人生体验更深入、更细致、更丰富。

从某种意义上来说，一切都是自己的选择，先前的选择铸造出迄今为止的你，今后的你取决于今天的选择。每个人都是通过从未间断的选择打造自己的生命链条，并塑造自己。

懂得选择的重要性，就不要轻易放弃选择权，哪怕是最卑微、最微不足道的选择。人生就是连续不断的选择，学会选择就是学会生活。

而选择本身，已俨然生活中最壮烈、最激动、最精彩、最笃定的部分。即使是选择错了，也是人生中不可多得的体验，并且极大地拓展了体验空间。

不妨留待命运自动做出安排

俗语云："胳膊拧不过大腿。"说的就是知顺逆，明得失，知进退，明哲保身，好自为之。你当然也可以用奴颜婢膝讨得比较好的生活，但终究违拗自己的良心。遇时运不济，姑且藏之，姑且忍之。

人就是在无数个"两难"状态下的宿命式生存，在浑浑噩噩与明明白白、顺其自然与发奋图强的两极摇摆中挣扎。"两极"之间有异常宽广的过渡地带，大的选择套着小的选择。人生基本上就是个"选择的集合"。

但是，人生的每一步都是选择题吗？人生的每一步必须做出选择吗？选择真的可以规避一切不好的吗？

我有时也会为选择本身所疑惑，对"人生就是一连串的选择"这样的结论自我质疑。这种结论可能太武断，因为生活经验或人生体验告诉我们，很多事情无法做出选择，很多事情不用做出选择，或者留待命运自动做出安排。

顺其自然、听天由命的结局，也不见得就那么糟糕。

事实上，放弃选择也是一种选择。这也是"没办法的选择"，"由不得你选择"之后的"自动选择"吧？这种所谓"自动选择"，实际上就是"命运大转盘"上抛向你的那颗豆子，冥冥中自有"定数"。

这样一想，有时反倒觉得不选择也是一种人生境界啊！你爱咋地就咋地，我随你！这不就轻松、超脱了吗？

人生不是"单项选择题"

生活，是向前全面推进的，但并不需要精心的规划、周密的安排、频密的督办、严格的评估。如果你将藏掖着各种美好的私生活过得像公务，那人生就无趣了。

人生的可能性无限多样，我们却只能做单项选择题，就像选择了将鸡蛋孵成鸡，就吃不了鸡蛋。

固然孵成的鸡长大了可能还会下蛋，还可以有蛋吃，却已是生命的下一个轮回了。

我们都在默默等候着好运降临，同时也做着最坏的打算。人生大部分时间，就是这样在对未来结局的淡淡祈愿、对日常艰辛的隐忍中度过的。

殊不知，人类迄今所犯的最大的错误，可能就是对人生答案的过度寻求。

更可怕的是，人们还认为那些答案是唯一正确的。

其实，不是所有问题都能找到答案，也不是所有问题都只有单一答案。关于人生答案的寻求，七八分正确，能悟到七八分就可以了。

从根本上来说，人生是迷宫，没有人找得到出口。人能追问自身存在的价值，这既是人之为人的荣誉，也是人之为人的悲哀。人要是不追问那么多，可能就没那么痛苦了。

即使追问，追问到某种程度就行。一味穷追猛打，既可能会导致意义的终结，还可能是时间的浪费。因为任何一个问题，都可以繁衍或引发无穷无尽的追问。

对万事万物好奇当然好，但就生命意义的寻求而言，适可而止就可以。莫把问号串成锁链，将人生拴得那么沉重。

在劫难逃

若是信息对称，定可以将地球人的好恶归个类，不过也就几十上百个大类吧！你不是一个人与自己在一起。你不是一个人单独在行动。你不是一个人在这样生活。

不知你有没有这样的人生体会呢？

眼睁睁地看着一个接一个的人被"时光之剑"凌迟处死，谁都在劫难逃，而你却爱莫能助。

而"时光之剑"多么公允，到点了就会给你"一剑封喉"，不分贫富，无论贵贱。

除了好好生活，抓紧幸福，我们还能做什么？

有时候，我们会觉得活着是件悲哀的事。我想那是因为我们偶尔接近了生命的底板，人生不少时候是凄凉的。

若是你知道人生的土色调本就是悲的、凉的，是不是突然开朗了？

还好呀！感觉我的人生也就偶尔悲哀，偶尔凄惶、偶尔苦涩。

这会儿，你不是又转为为自己的人生而庆幸？

怎么也"醒"不了的人

"你无法叫醒一个装睡的人。"这句话快要被说滥了。实际上，装睡的人，也肯定是没醒过来的人。否则，他就不会回避人生，而是睁开眼睛，坦坦荡荡地打量这个世界。

你将世态炎凉看透了，心反而和悦了。

你参透了红尘，心就亮堂了。

这叫"开悟"。人生若是不开悟，智慧被锁住，能量就出不来。

从根本上来讲，世界上没有"好人"与"坏人"之分，只有"开悟多"的人与"开悟少"的人，"修养大体已完成"与"修养仍还在继续"的人。

就人生而言，好些人还没"开悟"。确有些人活了很久，却一直在昏睡。

一个"醒"不了的人，其生命只能发出含混的呓语，其旅途注定是一场徒劳的征战。

这样的人生，也只能是一场噩梦。

我的悲观告诉我要乐观

　　无论是英雄豪杰，还是凡夫俗子，个人的命运总与时代相连，受境遇支配。想到祸福无常，际遇流变，就不应因一时走运或得势而得意忘形。

　　我是个乐观的人，但骨子里悲观。

　　正是我的悲观，使我更加乐观。

　　对世界与人生，持"悲观的论调"也不是不可以的。将悲观踩在脚下就行了，没有必要坠入"悲观的河"。

　　譬如时光，我们知道它必将照亮我们生、老、病、死之路，但人生之旅不是各有风景吗？

　　生有乐，老有慈，病有悟，死有归。

　　何事不哀，又何事不快？何事不悲，又何事不喜？

　　世间绝大多数东西没有永远的好，也没有永远的坏。

　　放在历史长河中看，天气、心情、情绪，事业、工作、爱情，什么不是忽而好，时而坏呢？

　　如果我们能接受万事万物好了会坏，坏了会好，心态就会平和，人生之路就会顺。

过度防御是自己的损失

防御体系本是用来对付恶劣的居住环境，用来防止外界对我们身体的侵害的，现在却被广泛用于防御同类。如果自身强大，能确保不受同类的伤害，当然无须防御，因此必要的防御可以理解。

各个年龄段，对人生的期许可能不一样。譬如年轻人，正义感特别强，看不惯的事情特别多，就非常想打抱不平，或者重情谊，愿为朋友两肋插刀。

进入中年，就更看重安稳一些，较为注重人身安全和经济安全。到了老年呢，可能就是健康第一，较少愿意关注政治纷争与社会活动了。

无论是年轻人、中年人还是老年人，安全问题始终都是每个人所关注的。当然，关注的"安全点"有所不同。年轻人可能更关注朋友关系的稳定，担心有人挑拨离间。中年人则更关注亲友关系的稳定，担心陷入债务纠纷。老年人则不愿意多事，怕给家人特别是下一代、下下一代增添负担。

正是出于"安全第一"的考虑，每个人都在有意无意地构筑自己的安全防御工事。这也使得不少人将人生过得就像是一场"修建防御工事"的竞赛。

但是，盲目或过度的防御是自己的损失，极有可能将那些好人、好事也拒之门外了。

时光单向道

不管世间怎么纷扰，人事怎么更替，太阳总是东升西落，时光总是单向而行，匀速而坚定地迈着它的步子。

人总是希望与关键时候能支持自己、能拉得住的人建立稳固持久的情感链接与利益体系。

作为人，社会支持必不可少，这也是人自信的来源与自身魅力的体现。每个人一生中总要有几个"靠得住、拉得着"的人，或有几个愿意被你靠着、拉着，并且以被你靠着、拉着还引以为荣的人。

但是，这样的固守与坚持，往往使我们在处理人际关系时感到很累。因为我们需要经常投入时间、精力甚至金钱财富去维持这些关系。

为此，我觉得人生就不要因为"安全感"而一叶障目，因为"安全感"有时也是虚幻的。

狐朋狗友、酒肉之盟不少，真正知心有几人？

是不是该醒一醒？

生活原本就是要与人不断地相遇、分别与再出发。不要一厢情愿地希望有些事永远不变，有些人能永远留下。

人生是一条时光单向道，不同的人在我们的生命中来来去去，自有其离合与聚散的规律。

刻意维系，执意死守反而会失去人生的轻松与洒脱。

不纠结于心，不纠缠于事

有时间纠结，那说明你还很闲。要么了断纠结，要么顺其自然。

我们会误入歧途，我们会迷失很久。我们不是神，无法预知一切并做出准确无误的判断。有些事情是没有万全之策的，那么只有淡定地纠结下去，或者干脆啥也甭想，顺其自然。

但切记，人生首要的任务是将生活过得轻松，轻松就是不纠结于心、不纠缠于事。

想要却又得不到，得到又害怕失去，人生似乎没有不纠结的时候。那么，得不到的东西可不可以不要，失去的东西可否权当是转赠了他人？

世上优质资源那么少，争、夺、抢、掠都是恶啊！更何况总有些人不讲良心，不择手段。

人的发展或潜能释放之路有万千条，正在走的路只是其中的一条，其他可能更顺畅、更广阔的路被虚掩。

因此，当这条路走不通的时候，请不要放弃尝试其他的路。

当你决定放弃走不过去的那条路，放弃合不拢的那个人的时候，可能你就不纠结了，立马就天宽地阔啊！

没有激情，只能说是"还活着"

激情与冒险是青春的两张名片，没有激情，没有冒险，生活就不值得过。

"我并没有抑郁，但确实对生活没有什么兴趣。对人生吧，也没什么大指望，平平安安就好。我是心如止水啊，好像任何事情都影响不到我。我没什么问题吧？我是不是成熟了？"

显然，这位小伙子误解"心如止水"了。"心如止水"这个词是需要年龄来积淀与承载的，一个青春才开场的人说自己"心如止水"，真是可笑又可悲！

年轻是"朝气蓬勃"的代名词，年轻就应该"气壮山河"，"心如止水"怎么行？

没有激情，就没有生活。

人没有激情，那只能说是"还活着"。

特别是对于年轻人来说，激情四射，豪情万丈，才不枉自己的青春盛世。

年轻人更应像火炬

年轻人充满信心，甚至信心爆棚，可现代的年轻人又似乎有各种怕。怕的东西和人物还真多，怕这个怕那个，前怕狼后怕虎，怕太高怕太矮，怕太肥怕太瘦，年轻人的心里简直就是一个"怕库"，什么"怕"都有。

人生是待解的谜团，迈出的每一步都是探险。

唯其如此，人生才充满乐趣。

在准备踏上人生旅程时，我们既有对旧情的不舍，也有对新环境的不适与惧怕。

人总有些隐微的"怕处"，无需焦虑. 就当这些隐微的"怕处"是给人生上的保险，或者人生旅途中的"减震装置"。须知狂妄的人最容易翻车，在现实生活中不循规矩的人容易碰得鼻青脸肿。

在人生的十字路口，我们面临抉择的感觉真是既悲壮又崇高。这个当口，正确的抉择奠定了人生的基本走向。

正确的选择需要理性，朝向这种选择则需要勇气。

所以，还是勇敢地昂起头来吧！感觉一下你额头上的光热，足以怯退黑暗。

莫学蜡烛顾影自怜，年轻人更应像火炬，滚烫灿烂，呼啸前行。

泪水中有光芒，汗水中有芳香

激情本身不长眼睛，所以特别要注意航向正确。只要航向正确，激情就是扬帆的飓风！

人生的价值不在于"活得长与短"，而在于"入得深与浅"。

人生是短暂的，但你若尸位素餐、庸碌无为，岂不是太长了点？

我觉得，人生就只有两个主题：享受与创造，也即"坐享其成"还是"自食其力"。

在未有条件享受之前，还是创造吧！创造需要付出很多辛劳，但在创造这一过程中，每滴泪水中都有光芒，每滴汗水中都有芳香。

令人难堪却又不得不承认的事实是，人生就是点燃的火把，一直燃烧下去，渐渐熄灭。

激情是一种燃料，一旦旺燃，在释放出巨大的精神推力的同时，生命能量也会很快耗竭。

有些人做事非常投入，但没有什么主见，经不起别人的鼓动与教唆，遇煽风点火，一点就着，一煽就旺。

鉴于生命能量是个常数，人生要想多做一些事情，就应该审慎地点燃激情。

人生紧要处就那么几处，需要熊熊燃烧的时候并不多，掌握好力度与火候，就能事半功倍。

10 人性

有毫无人性的兽，没有毫无兽性的人

▶ 为什么人们常常讲"祝你健康"，而不是"祝你善良"
呢？这个略显无聊的问题，直到我看到谢德林在《戈洛夫
廖夫老爷们》中写的一句话，才找到了答案。他说："人有
一种卑劣的本能，就是保存自己。"原来，活着比什么都重
要，求生本能必将战胜廉耻之心。那么，人生如何，也没
啥好说的了。西汉扬雄在其《法言》中将复杂问题简单化，
堪称"修身"准则，他说："人之性也善恶混，修其善则为
善人，修其恶则为恶人。"人在内心上多多少少总有些幸灾
乐祸，看到别人受挫自己内心里会感到轻松，谁也不想别
人大幅度、全方位地优越于自己，或者最好是我优越于你，
这就是人性。 ◀

情绪是上天的赐品

对于有些人来说，情绪是污浊。对于另外一些人来说，情绪是色彩。一般来说，负面的情绪是污秽不堪的，而正面的情绪则充满欣快与明亮，像雨后七彩的虹。

人会依据自然环境的变化自动调节自己的机能，也会依据社会环境的变化作出改变。善于观察，长于预知，且比较敏感多情，是人的本质特征。

人是自然之子，季节将它的温度与色彩投射到皮肤上、心情中，甚至脾气里。

有的人天生敏感，那么就要感谢上帝的恩赐，因为敏感的人对生活的体验相对深入、细致、丰富一些。

敏感的人，生命质地更紧致，生命纹理更密实，这就比那些情感木讷的人活得更精彩。

但是，敏感也是容易受伤的。敏感的人若还具有多情的特质，那就更要注意了，很可能会由于自己的多情会错意。倘若如此，就不只是会受伤，还会受辱。

敏感多情的人，比那些情感稳定的人，生活道路可能会曲折些，因为他们情绪常起波澜。但是敏感多情的人，充沛的情感就像奔流不息的溪水，经过的地方会多一些，看到的风景自然也丰富一些。

在情感交错方面，敏感多情的人有时会输得很惨。但就人生体验而言，他们又是赢家，是感情生活的富翁。

"缺点"与"收益"

　　能发现一个人有很多缺点，说明你有洞察力。在一个宽容度高的人眼里，人的缺点却屈指可数。遇到一张口就能数落出别人一堆缺点的人，你还是离他远点吧！

　　想知道自己有什么优势和特长吗？

　　问问你的对手就知道了。

　　想知道自己的劣势和弱点吗？听听阿谀逢迎者所恭维的，听听居心叵测者所赞颂的。

　　心口不一的恭维与不怀好意的赞颂，就是典型的人性丑陋面。

　　当然，我们得承认，每个人都有其天生的缺陷与不足。每个人都有其生理或心理层面的丑陋，还有些性格上的畸型与心理方面的变态。

　　就丑陋的人性来说，别人的缺点只有在妨碍我们收益的时候，才是不可饶恕的。

　　当别人的缺点可资利用，可以为自己带来"收益"的时候，缺点竟然也变得"可爱"起来。

　　可见，人性有多丰富，就有多复杂。

人若没有卑贱过

卑贱更多的是一种经历、一个进代的过程，而不应该过多地对其作道德评判。严格说来，谁没有卑贱过呢？

人类的进化遵循这样的法则，越靠近感官的欲望越低端，越接近灵性的觉悟越高端。

主流的观点是，越偏离感官享受的人越高贵。因为，越偏离感官享受的人越接近"神性"。

而按照我的体验，人若没有堕落过，很难有真正的纯洁。同样，人若没有卑贱过，很难有真正的高贵。

这之间的逻辑，我目前还讲不清楚。但是，我觉得无论是什么，只有亲历过才谈得上是"有过"，否则就是"没有"或者"没全有"。

还有，人只有经由"低端"才能走向"高端"。

这其中，就包括从物质的满足过渡到精神的具足。从"兽性"过渡到"人性"，从"人性"过渡到"神性"，是每个人的两道坎。如果一个人只从"兽性"过渡到"人性"，那才活了一半，因为还没有翻过从"人性"过渡到"神性"的那道坎。

我相信毫无人性的兽，但我不相信毫无兽性的人。从某种意义上来说，人就是"衣冠禽兽"，而且找不到比这更贴切的称呼。

认识到这一点，其意义就在于：不会因为有时"露出狐狸尾巴"而羞耻难当，因为哪怕你再高级、再灵长，也终究是个高级灵长动物而已。

至于人生"第二道坎"，岂是人人能修炼成"神"的？且将这个艰巨的任务留给来生吧！

冷漠里有玄机

对待一个人的冷漠，要具体问题具体分析。冷漠者或许有一段悲苦的历史，或许有一段不为人知的创伤。有没有人曾经也对他凛若冰霜？有没有人放肆地对他施以比暴力恶劣一百倍的羞辱？唤醒冷漠，融冰化雪，需要真诚的温暖与恒久的帮助。

就人性来说，我觉得最可怕的人性是残酷与冷漠。

残酷不言而喻，我们来说说冷漠吧！

其实，冷漠不是残酷又是什么？

除此之外，冷漠还是一种战术。

它一点一点地瓦解对方的斗志，磨损对方的耐心，积小胜成大胜，比强攻硬打奏效。

通过冷漠来激怒别人，往往比直接攻击更奏效。

慈悲的人不会冷漠。在慈悲者眼里，冷漠就是冷血。

冷漠是自己建造的高墙，将自己与他人隔离。

但是，冷漠对于弱者具有特殊重要的意义。冷漠是弱者仅有的抵抗与防备，其潜台词似乎在说，我的确无力反击你，但我尚可以用冷漠保护自己。

或者换句话说："我是弱者，冷漠是我唯一的坚强。"

11 命运

命运应该成为抽得最狠、响得最亮的鞭子

▶ "命运"本身是个可怜的词汇，成为很多失败者和懒惰者的借口，又背了很多"黑锅"，落下骂名。"命运"是个装烂了、塞破了的垃圾箱。可见的是，总是想着念着命运、叨着命运，总是祈祷幸运、咒骂不幸的人，多是命运不肯待见之人，他们像怨妇那样抱怨命运的不公，为强者所不屑。 ◀

大自然预设了一切

对生命的打磨，最自然的，要数命运之磨。我们都是五谷杂粮，不如心甘情愿地交付，磨出的糊糊倒可能味道鲜美。

上帝用各种偶然性来维护世界的公平，维护的主要工具就是命运。

命运是一系列的巧合，或胜负难料，或没有定论。人生到底幸与不幸，还得看最终的结果。

命运就像不停旋转的摩天轮，还真不知道戛然定格的时候，谁在谁的头上。

命运之轮飞速地旋转，每个人都有被飞旋出局的可能。

你如果想得到更多，那就要进入核心，边缘的人很容易被甩出去，只有居于命运涡轮中央的人才稳如泰山。

大自然预设了一切，生死密码尽在命运的轮盘中深藏。

我相信一只蚊子叮上我的前额不是亲吻，相信一只蚂蚁爬上我的臂膀事出有因。

我还相信一只蚂蚁的死，在地球的生存地图中有它准确的位置，就像一个人的葬身之地一样不可更改。

做最坏的打算，做最足的准备

天如盖，地如席。俯仰有察，进退有据。天、地、人为了自保，做足了防御的功课。人有"万一之防"，才有"万全之胜"。

命运之神不总是将你送达目的地，也有可能将你扔弃在路途中。

所以交一两个"能为你收尸的朋友"是必要的，聊备不时之需。

人若没有"备胎"，就无法跑赢命运。

命运之神撒出一把绳子，总有一根能够救出自己。

正是由于命运的属性是变化，所以人生路中才充满各种机遇。

把握好这些机遇，就可以归顺命运。

命运的链条并不总是很牢固，抓紧在这个当儿发力，才可能挣脱命运的控制，或使命运朝向对自己有利的方向发展。

如果命运对你很残酷，那么请报之以坚韧。

做最坏的打算，做最足的准备。

若是对命运不敢说 "不"

对命运敢于说不的人，往往是绝望至极，被逼得没办法，被迫与命运之神掀桌子。也就是通常所说的绝地反击。人不与配偶离婚，是因为还伤得不够狠；人不与上级翻脸，是因为还可以忍耐；人不与命运火拼，是因为绝望还不彻底。

磨难使人坚韧，痛苦使人崇高。命运应该成为抽得最狠、响得最亮的鞭子，鞭辟入里才能催人奋进。

事实上也如此，命运的打击是令人记忆深刻的 "教鞭"，经受过鞭击的地方都会长得更加壮实。

对于一个厄运不断但心态良好的人来说，每一次 "起死回生" 都是一次难得的人生体验，相对于一生一帆风顺的人来说，他们领略了人生各个维度的风景。

我觉得，有勇气认命与有勇气不认命的人都值得钦佩。

但若非迫不得已，就还是不要认命。

到了不敢对命运说不的年龄，那是成熟了还是完蛋了？可能不同的人对此持不同的观点，但一个人不敢对命运说 "不"，至少在心态上就已经老了。

为安慰"懒虫"和"懦夫"而虚构的词

命运很可能是人类历史上的"懒虫"和"懦夫"们凭空杜撰的词儿，以此为他们失败的借口。那就掀掉命运的帐蓬吧，让"懒虫"和"懦夫"无处藏身！

极端抑郁的时候，有时候我就冒出些极端大胆的想法。既然劫难一般都是缓缓地来，不会一锤子砸开我的脑袋，不敢一刀捅穿我的心房，那我还要怕命运什么？

命运啊！你是要从我这里拿走什么？

失去吧！不过最好是完全彻底地失去！我坚信，死得越彻底，重生越完全。

"没有什么不可以失去"的人，与"没有什么可以失去"的人一样，是无敌的。

命运也许是个势利小人，欺软怕硬。不相信命运的人是幸运的，从不为疑神疑鬼而透支恐惧。

不屈服于命运的人是幸运的，他从不相信既定的结果，对未来依旧充满热情与向往。

哪里有什么"命运"呢？所谓"命运"，显然就是一种借口，是用来安慰"懒虫"和"懦夫"的。

命运像张"蹦蹦床"

如果一个人笃定相信命运，那么就得接受人生的大起大落。命运像张"蹦蹦床"，闹的动静还是蛮大的。命运之神要刷存在感，有时会打瞌睡，但只要醒着，就不甘寂寞。命运起落无常，你弹得再高，仍然会有落下去的时刻。

人经常觉得生活中有一种深不可测的东西对自己虎视眈眈，企图吞噬自己，诱使或者逼迫自己沦陷。

它是什么？是亲人的希冀？是远大的目标？是命运、灾难、痛苦？

都不是。是一种对生命本身的悲观、绝望，以及由此引发的麻木与无能为力感。

人仅靠自身智慧无法得救，仅靠自作聪明更是无知可笑。我很不愿意，但我还是得说：任何人都要在一定程度上臣服于命运的安排。

不要憎恨或埋怨命运反复无常，反复无常正是命运的常态。

命运就像潮汐，有时起，有时落。

命运有时也像"蹦蹦床"，你弹得再高，落下去也不会死。

尽管命运不可控，但它一般都在人的极限之内。

命运对我们没有成见，也没有偏见，因而经过努力，我们也许能与命运合作愉快。

改变命运的"法器"

命运并不温和，温和的话就不叫命运。相信命运的人，命运总有奇效，他们也相对心气和一点。不相信命运的人，他没有那么多怨怼，有更多的不服气、不认输。命运毕竟是个说法，就像围聚在一起吃饭需要一个话题，真信就可能误导了你的人生。

改变命运，与成为天才一样，并没有特别的"法器"，只有一件叫"勤劳"的小工具。

人要学会看清事物发展的脉络，并据此选择正确的路径，否则就可能贻误改变命运的良机。

命运毫无保留地摊开它的图谱，似乎总是对那些先见者有利。

但先见者若没有任何准备，并且也不愿采取任何具体的行动，那么先见也是枉然。

命运之环，一环套一环，先者决定后者。因此，在人生的十字路口，需要做出选择时需要慎之又慎。一步走错，下一步可能错得更远，最终导致全盘皆输。

命运有其内在的规律、力度与节奏，扳回命运的力度不宜过猛，否则可能使命运脱离正常的轨道。

遭逢挫折时离自己最近

　　人不停追逐，很少有机会与自己呆在一起。即使与自己呆在一起，你又要追着自己谈判，或拉着自己思考那些想破脑筋也没有答案的问题。我们可能怠慢自己太久了，以致再次与自己见面都有点尴尬。

　　顺境时的谨慎与节制，会使好运气附着得更长远一些。

　　身处逆境，是人生更强大的力量之所在。

　　顺遂时离自己最远，遭逢挫折时离自己最近。

　　就收获人生经验而言，苦难与不幸才是最好的老师。而顺遂和幸运，好是好，可能教会你多少？

　　还有，气节与骨气在人遭受挫折、陷入生活窘境时会有清晰的呈现。所以人不仅要"慎独"，还要"慎穷"。

　　如果一个人身处顺境时懂得克制，身处逆境时懂得忍耐，那无论顺逆于他都是有益的。

　　如果一个人在顺遂时狂妄自大，在挫败时怨天尤人，那么这个人想必还未具备高贵的品质。

　　克制与忍耐，既是幸福生活的智慧，也是对生命应有的尊重，更是为人处事的好品质。

机遇是成功的近邻

"时来天地皆同力，运去英雄不自由。"唐代诗人罗隐感叹机遇的重要性。《吕氏春秋》里也有这么一句话："人虽智，而不遇时无功。"无论你的人生多么彪悍，机遇对于人生仍有其大用。

比创造机遇更重要的是发现机遇。

机遇到来之前通常会有隐约可辨的迹象，就像地震之前动物会发出预警。

因此，要做个有心人，静静聆听机遇走近的声音。这样，就有希望占据先机。

仅能发现机遇还不行，机遇过了那就是过了，就像吹过了一阵风，再也无迹可寻。

发现了机遇，还要抓得住。善抓机遇，事半功倍。

所谓智者，就是善于等待并捕捉机遇的有心人。

抓住机遇需要独具慧眼，更需要细心与耐心。

机遇最喜欢主动亲近它的人，最垂青那些勤奋且准备充分的人。

机遇是成功的近邻，但若你从不登门拜访也是枉然。

出手需果断

有这样一句话："憾大摧坚，要徐徐下手，久久见功。"这句话强调的是坚持的重要性，意志力是个关键。但就抓住机遇而言，对时机的洞察力非常重要。

在机遇面前，既需要敏捷，也需要沉着。

敏捷使人的精神高度集中，方向感增强，力度把握适当。

沉着不会影响敏捷度，而是为了更敏捷地出手，抓住更多更好的机会。

在机遇面前的确需要沉着冷静，但过于深思熟虑，难免功败垂成。

瓜熟蒂易落，出手需果断。

机会是成功者的催化剂，但请记住催化剂的有效期。

有时你得到机会了，有了舞台了，就要特别珍惜，抓紧行动，否则机会就会失效。

机遇会挑选"值得的人"

　　机遇会挑选"值得的人"，人也会挑选"值得的机遇"。不是说凡是机遇就好，凡是机遇就适合你，见到就该出手去抓。其实机遇只是一个"四两拨千斤"的机关，你还得会用。机遇需要你的硬件搭载得了，你的能力支撑得了，你的德性匹配得了，否则仍然是没什么卵用。

　　不要埋汰别人挡住了机遇，那只说明机遇还不成熟，还不属于你。

　　一旦机遇大踏步向你走来而你却无动于衷，致使与机遇失之交臂，那可真是罪过！

　　备好箭，在随手可取之处，否则就不是一个专业的猎手。运气好的人总是有备而来，做好了随时捕获的姿势。

　　人不能总是两手满满的，若是不懂得适时放弃，那你永远抓不到更好的东西。有人觊觎每一个机遇，对一切被看好的可能性都虎视眈眈。妄图抓住一切机会的人，反而成不了大器。

　　要想成功，只需抓住那些难得的机会。

　　每个人都可能遇到"生命中的贵人"，当他们向你伸出手的时候，要抓住。

　　贵人之手，只愿递给"值得的人"。但"值得的人"的首要的品质，是懂得识别、珍惜与感恩。

12 信任

信任的所得总体大于所失

▨ 信任可能出于信仰或博爱的原因，或者根本没有什么原因，只因其傻。信任还可能出于求生的本能、安全感的需要，或者维护共同利益的需要。人是群居动物，缺乏信任，人类简直无法生存。按说，要信任人很容易，只要你愿意，一秒钟就可以搞定。事实上信任绝没那么简单，它受制于人的个性，又受制于相互之间的机缘。不怀疑已经算不错了，要绝对地信任，还得从长计议。 ◢

信任里有爱的指引

　　一个缺乏信任的组织里，不可能有真正的爱，只能依靠强权来维系，强权若受到挑战，组织立马分崩离析。一个健全的社会里，信任是最健康的细胞，当信任瓦解，社会也就崩溃。

　　不信任给人不爽的感觉，还容易诱发对方的防御心理。

　　从某种意义上来说，不信任是给自己找麻烦和设置障碍。

　　在信任的带领下行动，有可能是莽撞，但胜算的可能性还是很大的。因为信任有直观的判断力，有爱的指引。

　　信任中有爱的眼睛，总能找到正确而清晰的路径，如有神助。

　　怕遇人不淑，怕授人以柄，对别人有了过度的防备和警戒，不敢说出真心话。长此以往，会怀疑自己讲的是不是真话，还能不能讲真话。那么，怀疑就会毁坏信任，这是非常可惜的。

　　默想一下，被人信任的感觉有多好！

　　譬如我，有时候就感觉对可信赖的人说出"我心情不好"这句话，只要对方听进去了，甚至不需要对方说什么，心情似乎就好多了。

　　一个人若是不信任这个世界，将心的围墙筑得越高，心房就越是黑暗、阴冷、潮湿。

　　一个疑心深重、全无信任的人，其内心世界一定会是一片荒芜。我相信，在其日常生活的言谈举止间也找不到真诚与温暖。

不信任人是为难自己

无论发生什么，起码在人与人之间，还是要信任，因为我们要生活。无信任伴随左右，那是何等的煎熬！

每一次行为都有其内在动机，且都期待着某种收获。

如果一个人是真诚、善良的，那么他做什么都是纯良、友善的，丝毫不用怀疑他的动机。

对于这样的人，无疑可以无条件地投入信任。

信任是比黄金贵重的品质，而无端滋生的防备之心与敌意，最后总是要回转到自己身上。

我们不信任的人越多，不信任我们的人就越多。如此看来，难以信任人，就是为难自己。

我还观察到：能刺伤你的，往往不是你的敌人，而是你自己的敌意。

信任有多深，就能走多远。

信任是和煦的阳光，而不信任则如同强光照射。

强光照射总是令人不舒服，所以质疑最好适可而止，对质更需慎重。

保留适度的隐私

　　成年人走向成熟的标志，是他终于有了隐私，并能妥为保管别人的隐私。

　　没有个人的空间与隐私，就没有个人的自由。不过，个人空间与隐私还是越少越好。

　　个人隐私越多就越浪费时间，因为隐私既需要隐藏，又需要掩饰。

　　别人就是看到全部隐私又怎么样呢？一个人只要光明磊落、胸怀坦荡，就没太多内容见不得光。

　　我主张人尽可能少点隐私，但不主张完全取消隐私。这是因为，隐私是个性成长与身心自由呼吸的必备空间。

　　个人空间与隐私不要一次性展示给别人，要留有余味。深藏不露的人即使所藏不多，也因为不露声色而显得神秘，从而更加令人期待。

　　对隐私严加防范，有时是多此一举，有时是自作多情，有时是欲盖弥彰。

13 真实

最强悍、最持久、最无敌

　　"人生存的世界到底是不是真实的世界?"这样无厘头的哲学问题，问谁谁都会烦吧？但还是有好事者回答这个问题，答曰："我们不能分辨真假的时候，真假又有什么所谓呢?"世上事，真真假假，假假真真，有几人拎得清楚？但还是要对自己真诚、诚实，也要求别人对自己真诚、诚实。我们来世上一遭，不想过不真实的生活。梦幻再美好，不动脑筋再养生，也比不上真实无欺的生活体验。一克重的诚实，胜过一公斤的精明，胜过十公斤的算计。做个"老实人"是无上的荣誉，"不装"最有力量，"粗糙的利己主义者"胜于"精致的利己主义者"。

自然呈现

真正需要密藏的东西极少，绝大部分想法都可以开诚布公。

我真的没办法使自己的表情生动真实起来。

纵使我内心灵动如歌，仍能察觉得到自己其实戴着面具。

每个人都会感觉到面具的存在，但每个人都指望别人先拿下面具。

我们有时会捂住面具不肯揭下，仿佛"真我"很丑陋。其实"真我"就是任其呈现的"自我"，难道任"自我"呈现很可怕吗？

如果是自卑而害怕呈现，那也就算了。如果是刻意保持低调，对于大多数人而言，则大可不必。

俗话说"树大招风"，自己"树"都不是，有必要自作多情，或是自命不凡吗？

还有些人呢，总惦记着要"与众不同"。其实，与众不同是一种自然而然的意愿与气质，而不是时尚与潮流的符号。

与众不同不是用来标榜的，若刻意就显做作。

所以，没必要刻意保持低调，只需要自然呈现自己。

比内衣还私密的"心衣"

　　人们穿上外衣还不够，习惯给自己裹上厚厚的心衣，像狙击队员穿上的防弹衣，预备抵御流言蜚语等"流弹"的攻击。其实，这样做有防御过当之嫌疑，你真有那么多敌人吗？

　　对于特别装的人，我很想说上这么一句话：
　　"你想装得特别自然的样子，真是别扭到了极点。"
　　有些人活在真实中，有些人则活在角色中。人要活出本色才精彩，活出本色才真实。习惯将人生当戏演，习惯装的人，一生可能要白活了。
　　粗糙的外表下，可能包裹精致的内心。精致的外表下，也可能包裹虚伪与丑恶的灵魂。
　　"真我"就是完整地接受自己，我行我是，我行我素。
　　一个心地善良的人，根本用不着研究如何加强修养。因为心地善良的人一直在遵循爱的法则，而刻意修养只会使自己有所偏离。

实话最有力量

说实话的人音调不高，既不慷慨陈辞，也不危言耸听，目光和蔼，语言平实，语速均匀，像是在安静地读诗。

老实人是幸福的，不仅安全，而且活得轻松。

老实人无须掩饰，无须担心被人看穿，没有"聪明反被聪明误"、"搬起石头砸着自己的脚"的危险。

老实人一切都真实流露，不易招惹妒忌，故而竞争对手也少。

世界上所有的精明，都抵不过"老实"二字。

从眼前来看，老实人总是吃亏，但从长远来看，老实人的损失最少。因为稳健使他心安，诚实使他理得。

而那些"精明"的人因为总是算计所得，最终必将还回去。

在人类一切形式的话语中，实话最有力量。

对于那些讳疾忌医的人来说，实话也是最有疗效的。

欺骗就是自掘坟墓

欺骗真是一件很麻烦的事情。原本就不是件大事，实打实地就可以办，结果因为你撒谎了，这事虽然没变大，但是却演变成了一件悬而未决的事。

真情实意不用说出来别人都能感受到体贴与温暖，虚情假意则是人所共恶。

消解敌意的有效方法，就是接触再接触，真诚的接触是敌意的溶解剂。

一颗不受污染的纯正、淳朴的心，就是精神的世外桃源，可以安住。

凡是真诚的，都是质朴的。质朴是流过鹅卵石的清泉，是高原上纯洁的雪莲，是婴儿稚气的脸蛋。

真诚是世界上最美丽、质朴、自然的花朵。

真诚是令人敬畏的，但真诚也有不为人知的软弱。

但不管怎么说，对人真诚是回报率最高的"买卖"，可带来稳定、可观的收益。

说谎时，痕迹即使不从嘴里流露出来，也会从说谎者的眼神、声音及无意识的动作中暴露无遗。

而且，从长远来看，欺骗就是自掘坟墓。

虚荣心是"生命的小偷"

虚荣心与说谎类似，都是自作自受，没事找事。为图一时之快，或者为获得肤浅的赞誉与羡慕，人们蓄意抬高了自己。泼出去的水收不回，要不使狐狸尾巴败露，就必须小心谨慎。

如果说虚荣还情有可原，虚伪则是渺小、卑污的。

虚伪者的内心的深处，藏掖着自卑与下作。

虚荣心是所有懊恼的节点，是烦恼的集中营。一个人若是克服了虚荣心，就能踏实生活。

虚荣心堪称"生命的小偷"，不仅偷去了你的诚实，而且盗走了你的时间，抽空了你生命中最为宝贵的东西。

虚荣，属于自加的压力。因为虚荣使原本简单的事情复杂起来，使原本穿着得体的素衣人为地变得衣不蔽体。

解压的最有效方式，就是做一个简单真实的自己。虚荣展示给别人的，都不是自己真正具有，而且也是自己未必真正需要的东西。而要向别人维持、证实其"占有"这些东西的真实性，需要透支相应的精力与心力。

所以，对于虚荣心比较强的人，放弃虚荣才能减压。

不怕"假"，怕"掺假"

一个不真实的人，大幅提升了别人同他的沟通成本和与他交往的风险。

人们怕的不是"假"，而是怕真中有假，怕真真假假，真假难辨。

真实的东西即使不美，也不会令人讨厌，因为天然的丑是能为人接受的。

而虚假的东西，越美越令人作呕。

以"真"为善美，以"假"为恶丑，是我们应遵循的基本原则。

美化，从某种程度上讲，是对现实生活的粉饰与逃避。任何美化实质上都带有欺骗与虚荣的性质。

用于美化、拔高自己的方法很多，"沽名钓誉"就是其中最常见的一种。

但是，与实际才能不相配的荣誉，对于有自知之明的人来讲，是一种惩罚。

而且，荣誉若没有后续努力来补充，当得到它时就开始名不符实了。

可见，争得与实际才能不相配的荣誉，是极不自在的一桩事情。

可想而知，沽名钓誉者，因其心知肚明，唯恐日后败露，名誉于他们无异于一种刑罚。

14 德行

人品的标签

    "只有美德是通往平静生活的唯一途径。"古罗马玉外纳《讽刺诗集》中的这一句话，颇值得玩味。伊壁鸠鲁也说："愉快的生活是不能与各种美德分开的。"求回报的美德不是美德，不求回报才是完全的美德。但是，美德常常会收获福报。在美德所收获的报偿之中，心理上的愉悦与灵魂上的平静是比较多的。在狂喜、欢乐、快感、愉悦、舒适、平静这一组词中，越往后"激情"的含量越少，在人一生中占时就越长。纵欲固然有欢乐，但人的精力有限，终究是经不住折腾的。唯有平静，尽管其中愉悦的成分已经很淡了，但如溪涧里的流泉，水量不大，却清澈长久。

灵魂高尚与否需要行动佐证

灵魂高尚不是自己喊出来的，品行端正也不是自己可以标榜的。声誉鹊起不是靠自我吹嘘，而是别人对你观其言、察其行后得出的一致结论。而且，为了声誉而行动，总会走漏风声，因为心术不正的话，行为总有被别人察出不端的时候。

德行才是决定人高贵与否的标准，而不是能力、出身、虚名或财富。

高尚的心灵在任何环境或境况下都高尚，高贵的气质，即使穿着敝屣布衣也高贵。

一切高贵的品质都具有内在的勇气与力量。高贵的人自有主见，不易被说服，不会拿原则做交易，即使落难，也有自己的做人准则与道德底限。

自诩灵魂高尚是不够的，灵魂的高尚需要见诸行动。

一个人的言语与行为，若一直为高尚的思想所引领，那就没什么好担心的，可以相信其言行基本是比较妥当的，不会招致非议。

正直的良心、开阔的胸襟、坚定的品格、优雅的气质、高尚的情趣，这些都是高贵德行的组成元素。

高贵的灵魂总是能与更高的品质相遇

　　每个人都在修行，因着各人的禀赋，有的人得道早，有的人得道晚。

　　灵魂的高贵与自立精神连在一起。

　　缺乏自立精神，容易滑向依赖或仰仗别人，并沾染上小心翼翼或谨小慎微，甚至阿谀奉承的毛病，进而亵渎灵魂。

　　灵魂的崇高与猥琐、人格的伟大与渺小，其区别仅在于动机的不同。一念之差，可以使人肃然起敬，也可以让人嗤之以鼻。

　　可见，起心动念事关人的品质与动机。

　　品质就是"材质"，阴沉木即使泡在阴沟里，也是上等的好料。品质就是"口碑"，苍蝇即使混进花丛中，仍然令人厌恶。

　　就像岛屿越大，海岸线越长，宽广的心灵总是能与更多的人相遇，高贵的灵魂总是能与更高品质的人相遇。

　　高贵的人不是没有卑下的想法，而是能克制之，在起心动念之际抓苗头，不让其在言行上有任何可乘之机。

　　谁也不是圣人，你可以容许自己有恶意，但不能容许恶意控制你的行为。

　　若对自己要求不高，放任自流也可以。想要做一个高贵的人，或想留下高尚的名，那就得对自己严格要求，在德行的某些细节上甚至要锱铢必较，不留瑕疵。

尊重别人就是在庄严自己

尊重别人，就是要将别人当神神，不冒犯、不侵扰、不怠慢。有些人依据自己的理论和判断，认为别人需要帮助，自己也有这个助人为乐的心和能力，便执意要帮助别人。

人品应像石头一样朴实沉静，否则就只能展示出伪劣、琐屑、令人遗憾、毫无美感的斑点。

木讷是生活中最高贵的品质，藏巧于拙，大智若愚，心静如水。

平和自在，难道还有什么精神状态比这个更悠然自得么？

一个人的言行无时无刻不在展示自己的品质，故此谨言慎行是必要的。

做一个真实、简单、有趣的人，而不要刻意追求高尚，高尚是刻意不来的。

刻意的高尚是伪作，刻意的丰富是复杂。我们要用纯真的爱来爱人，用率直的恨来恨人，用简单应对复杂，用大自在应对小聪明。

我对燃烧自己照亮他人的人充满感恩，对自生自灭不惊扰他人的人亦充满敬意。

人最值得称颂的品质莫过于尊重人，因为尊重别人就是在庄严自己。

礼貌中有温暖与友爱，像冬天里的炭火。尊重里有平等与宽容，像春日里的阳光。

谦逊的亲和力

骄傲的人因为篮子里是满的，面孔因傲慢而显得严肃，别人即使有好的东西想赠予，也只好作罢。谦逊的人则不一样，篮子总是未见满，谦虚的笑容像是招财幡，总能遇到别人赠予的好运气。

除了尊重，我最推荐的品质是谦逊。人的魅力与其说在智慧中，不如说在谦逊中。

懂得尊重的人，往往也谦逊。他们知道给别人成长的机会，同时知道自己也还需要成长。

谦逊兼有敦厚可爱与令人敬重的品质，带给人的感觉是随和恭敬、温文尔雅。谦逊使人联想到竹子，给人带来拂面的清新与美丽。

谦逊使人联想到清风、流泉、幽谷与兰香，聚集了天地之灵气，浓缩了风月静美，给人带来内心的踏实、安宁与满足。

但谦虚也需实事求是一点，过于谦虚就是伪作。过于谦虚若不是因为自卑，就是另一种形式的炫耀。炫耀嘛，则使谦逊原本的美感流失、蒸发。

好炫耀的人永远是沮丧的，好吹牛的人永远是虚弱的。过分炫耀自己的长处，这不是显而易见的短处吗？

谦逊地对待别人，是一种尊重。而自己被谦逊地对待，要看作是别人的一种礼遇，需要感激，并且珍惜。

谦逊有一种天然的亲和力，可以聚拢人脉。谦逊还是一种主动防御方式，可以有效避免别人的嫉恨。

谦逊是性格敦厚、品德纯良、性情温和的人不经意间撒下的一张隐形的网，总能捕获到其所需要的东西，或收获意想不到的惊喜。

骄傲使人失去，谦虚使人得到。

自私者丧失了丰富自己的机会

如果一个人仅仅能想到自己，仅仅关心自己，自私的幸福成了他唯一的人生目标，那么可以断言，他这一生遇到的伤心事，一定比快乐的事多一百倍。

利他是一种高尚的激情，但也要量力而行，不要因此而耗竭自己的生命。社会只需要极少一部分人为人服务，或为人类的大爱而工作。

作为社会人，每个人最大的贡献与社会责任在于合乎道德与良心地做好自己。那些不顾人的意愿一味强调牺牲，并主张牺牲自己，成全他人，仅这样鼓吹是不够的，他们更应该身体力行而不应只是发号施令。

无论公德与私德，都应得到尊重。就私德而言，应该客观承认人皆有自私自利的一面。就公德而言，也不能勉强别人，或者超出别人心理与能力承载范围强迫别人怎么样。

利他固然是一种高尚的德行，但要注意对某些人的帮助可能是对另一些人的损害。所以，在帮助他人的时候，要想想哪些人哪些事可以帮，更需要考虑帮助一个人的时候有没有破坏既定的游戏规则，有没有损害社会的公平公正。

人性中皆有自私自利的成分，从某种意义上来讲这也是生命的基本权利。但生命若仅为自己存在，那就是狭隘、自私、渺小、残缺的。

自私是一种损失，它隔断了助人的舒畅的体验，也丧失了丰富自己的机会。

自私使生命变成了一株难以盛开的花。

美德引致心灵的幽静

美德从不喧闹，也从不贪多。美德之人，从不刻意宣传自己，他懂得为美誉而行美德。

请想象：干净的衣服，明媚的笑脸，久久、缓缓地挥手……

请想象：大老远喜悦的呼喊，过街时真诚体贴的搀扶，深夜困得不行却意犹未尽的畅谈……

这些是谁都可以做到、谁都可以奉献的福利。

我们每个人，日常生活中有无穷无尽的施予他人福利的方式。

你若肯为某个人着想，对方就会感觉到，你这朵花儿仿佛专门为他绽放。

为他人着想，福泽他人，人们誉之为美德。

美德引致心灵的幽静。

美貌，随岁月流逝只会渐渐褪色。唯有美德，像上好的木材一样，经过时光的打磨会越来越圆润，并隐现着低调而华丽的光泽。

一切都会苍老，美德却永远年轻。

赏识美德，就已经在通往美德的路上。

诵念美德，美德之士就开始向你聚拢。

特立独行

冷静观察，独立特行，不为先验所惑，不为陈见所锢，才能在认识真理的征途上先人一步。

道德像一件精致的瓷器，用作摆设有一定观赏价值，但不实用，不好用。

道德的主要功能就是庇护弱者，以维持正常的社会秩序。道德貌似强大，但凡需要道德提供保护的地方，证明都还是比较弱的。

道德教育应是创造新道德，而不是死守旧伦理。真正有益的道德应是心之灵泉，具有自洁自新的能力。

现实生活中有两张看不见却能深切体会到的网，遮人面目，缚人手脚：一张网是观念，一张网是道德。

观念与道德之网再紧固也终会失效，观念与道德不断推陈出新的社会才会有活力。

俗世的东西易戕杀灵感与创造力。人若非特立独行，断难成惊世骇俗之事。

不为惰性所束缚，不被陈见所捆绑，不为过时的传统观念所禁锢，这才是为人称羡的"精神自由"。

"美德"一词，并不专指对传统道德的维护，兴许破除老旧不堪的旧道德，创造与时相宜的新道德，才是"大智大慧"、"大美大德"。

美德是朴实的，却往往要跣足而行。

15 求知

为探究真理，更为寻求美好

▮ 求知固然也是自然的喜悦，但知识的矿藏含量不丰富、纯度不高，淘不到真知灼见，人也会对所学之物兴味索然。面对知识，犹如面对妍媸，哪能不起分别心？有人崇尚全知全能，这基本上属于痴人说梦。再说，知识犹如戈壁上的沙粒、大海里的盐分，而你我本身只是沧海一粟，面对知识，焉有不忍痛割爱之理？ ◣

"无知无明"的那部分空间为魔鬼所占据

对知识的探索，不像零敲碎打那么简单，面对未知的坚壁，需要长年累月的不懈挥镐。凿通了坚壁之后，进入知识的甬道，要高擎火把，大张旗鼓，将知识的殿堂照得红彤彤。

在知识的海洋中，求知者像一艘永远靠不了岸的船。然而，唯其如此才可以更多地探险历奇。

无知为魔鬼留下了生存空间。因为无知的人要么什么都相信，要么什么都不相信，而执其任何一端，都极其危险。

无知固然不好，一知半解也有风险。不是所有的蘑菇都是无毒的，知识同样如此。在知识的海洋中需要细致鉴别，用心撷取。

学习的过程，实际上是优选最佳答案的过程。求知的主要目的是求真。这里边，思考最为关键。只有经过思考来消化，知识的营养才能够被吸收。学习只是囤积知识的过程，思考才能将知识转化为智慧并为我所用。

单纯的知识就如一堆柴火，唯有经思考得来的智慧才能助燃并保持火势良好。

学得越多发现自己越无知，这正是学得的知识在产生作用的体现。

智慧的浆果

想要从知识中获得智慧，取一瓢饮还不行，必须经过分离、蒸馏等复杂的工序，才能提炼出智慧的浆果。

知识对于热爱并善用之的人才有意义，对于有的人不过是无知的炫耀和肤浅的谈资。

你尽可以炫耀你的学历与知识，但人们更想了解你的思想、收获与成就。

若不能为你带来生活上便利、思想上的启迪与事业上的成就，知识不就成了累赘么？

沃野千里，不等于粮食满仓。知识不经过思考就不能转化成智慧，就不可能指导自己的行动，人生自然也不可能有什么收获与成就。

知识的逻辑是越多、越杂越好，智慧的逻辑是越少、越精越好。

精当而不芜杂，以少胜多，这是智者的花园。

而知者的花园多是良莠不齐、芜乱无序的。所以，我们要经常清理知识花园的杂草，保留那些优良品种，以此才能收获智慧的浆果。

醍醐灌顶

只要你还有功利心，只要你还活得不实，只要你心还在喧闹，那就与"醍醐灌顶"无缘。

我们常常会思考，知识、智慧、聪明有什么区别呢？

其实，区别显而易见。知识是知道自己知道什么，智慧是知道自己只需要知道什么，聪明是知道自己一定不能知道什么。

愚者隐藏愚蠢，只因其无知。智者隐藏聪明，只因其有智。

无知者往往多言，智者往往少语。

无知者，或知之少者，常常觉得什么事都要求说明白，要求别人理解透彻。其实，有些事情，自己懂就行了，总是力图让别人懂也是一种"微暴力"。

无知者无畏，有知者也可以无畏。无知者为什么"无畏"？因为无知者感觉不到压力与面临的危险。

有意思的是，知者能够预知压力与危险，有备无患，因而无畏。

知识可以怯退恐惧，但一知半解的知识则可能加深恐惧。知识有消除恐惧的作用，但模棱两可的知识则只能加深恐惧。

恐惧会自动闭合人的求知通道，若是持久无知，恐惧的魔鬼就会被关在心里出不去。

知识是去除内心恐惧的灵丹妙药。

从无知到有知是一道门，从知识到智慧也是一道门，开门之时会有豁然开朗的顿悟之感，这种顿悟之感有如醍醐灌顶。

智慧是"大光亮"

　　如果说知识像荧光手电，智慧则像是探照灯。无论是荧光手电，还是探照灯，价值体现在有人使用。

　　如果一个人毫无自知之明，那他就是黑暗的。
　　有些人外表看起来光艳新鲜，并以此为骄傲，但外人并不认同。这样的人生活在自我虚幻的想象中，人生没有分量，生活没有厚度，犹如断了钨丝的灯泡，最终会被人扔弃。
　　但人也不可能通体亮堂，因为人不可能彻知自己。
　　知识只能够照亮眼前的路，智慧才能照彻自己的心房。
　　虽说哪里有知识，哪里就有光。但知识的光亮总是有限的，唯有智慧，才是"大光亮"。
　　或者也可以换句话说：知识是智慧的燃料，知识的纯度直接关系到智慧之灯的亮度。
　　知识是容器，只需要被填满。而智慧是灯盏，只需要被点燃。

保持"凌空搜寻"的姿势

获取知识，就像砍柴，仅将树枝砍断是不行的，还必须将其捆起来，挑回家去，铺开晒干，才能成为煮饭的薪火。获取知识是个完整的程序，缺少哪一环，获取的知识都不会完整。

在知识的海洋中，应保持凌空搜寻的姿势，通过反复盘旋式的质疑来分辨目标物，猎取最有价值的知识。

筛选、鉴别、锁定、质疑目标物，除此之外，探求知识、获得真理别无他途。

真理是知识的核心层，也是知识的最高阶。如果说鉴别是知识的筛子，质疑则是真理的钻机。因为探求真理的精微度，与质疑的深广度密切相关。

未经过滤的知识是大众的知识，未经质疑的真理是别人的真理。

真理往往是沉默的，深居简出，与世无争。而谬误则众声喧哗，招摇过市。

通向谬误的道路鲜花覆盖，通向真理的道路荆棘丛生。尽管如此，你还是会选择通向真理，对吧？探求真理的人可能会在无情的现实中撞得鼻青脸肿，鲜血淋漓，但能收获感动与喜悦的泪水。

知识是芜杂的，若不精心选育，头脑就会像弃耕的地长满杂草。在一切知识之中，最值得拥有的是关于学习方法的知识，即对知识的储存、整理与检索的方法。学习方法掌握得越早，收获的知识就越多，知识的仓库越是井然有序，库容也会大大增加。

学习的过程，就是去粗取精、去伪存真、删繁就简的过程。取精与存真需要一双慧眼，善于快速识别并舍弃无用的学问。知无涯，生有涯，每个人只能在知识的海洋中取一瓢饮，贪多必失。

知止

在知识的领域里，没有"全能神"，也没有"万难险"。任何人都不可能掌握全部的知识，也没有任何人能运用他所掌握的知识达到全部目的。

人只需要在极少数方面知之甚多，在绝大多数方面只需略知一二。

还记得小时候么？希望自己无所不知，无所不能，那个时候的想法多么天真。若是成年了还有这些想法，那就十分有害。

求知欲是人类文明最基本的推动力。求知若渴的人踏入社会后较易成功，精神生活层次也比较高。但青少年求知时，最容易在"开卷有益"这句中国古训的影响下，不加选择地读书，从而不知不觉地浪费了大量的时间。

同样道理，"行万里路，读万卷书"从某种意义上来说，亦是需要重新认识和警醒的谬误。这就像"掘井"的故事一样，东一锹西一锄，注定不会收获什么。人的时间与精力何其有限，需要尽早确定求知的领域与重点读书的类别。有道是"好书不厌百回读"，只要选对了好书，人一生中精读几百本真正好的书大概就可以了！

这个世界上不存在全知全能的人，书读得再多，世界仍然充满着未知，甚至每个人对自己也是知之甚少。人不可能什么书都读，什么课都听，什么事都学。从根本上来说，每个人的视野都是狭窄的，都受学习时间与精力，以及记忆与思维的局限。我们应该像教徒敬畏神一样，敬畏"书山"与"知海"。

扩大内在的光明

宋代吕祖谦在其《晋怀公杀狐突》中有言："明于观人，暗于观己，此天下之公患也。见秋毫之末者，不能自见其睫，举千斤之重者，不能自举其身。甚矣，己之难观也。"诚哉斯言！尽管"己之难观"，但还必须观！

有两种无知：对知识的无知，对自身的无知。

人类最高层次的知识是关于自知的知识，人类最高境界的智慧是关于自知的智慧。

愚者不知其无知。

一个人从认识到自己无知那一刻起，才算真正为自己开启了知识的大门。

真正完全不自知的人并不多，多数时候人们是装作无知而已。

人不会因为年龄的增长自动亮堂起来，有意识的自觉、思考与醒悟才能一圈又一圈地扩大内在的光明。

人们经常嘲笑自己不能理解的东西。这里面，也是由于自己的无知。

质疑是对真理最好的敬重

明代陈献章在其《与何时矩》里说过："疑者，觉悟之机也。一番觉悟，一番长进，更无别法也。"质疑是擦拭，是进一步地认证。真理与事实最不怕质疑，反而经不起质疑的真理与事实，得打个问号。

求知容易，求得"真知灼见"却比较难。

知识中有谬误，"真知"才是真理。所以，觅得"真知"，形成"灼见"，才是知识的大智慧、大圆满。

然而，人似乎要经过无数谬误，才能抵达真理的殿堂。就是说，找到"真理树"之前，也许要经过"谬误的丛林"。

我认为，质疑是对真理负责的态度，同时也是对真理最好的敬重方式。

通往真理之路会遇到无数"伪真理"，这固然大大增加了发现真理的难度。但也正是如此，大大增加了发现真理的乐趣。

伪真理会自吹自擂，哗众取宠，强行推销自己；真理往往朴素而平实，只默默地等待有缘人来发现。

真理也并不需要人们仰慕，只需要人们平视。

真理的光芒是质朴的，并不怎么耀眼，而那些伪真理则晃瞎人们的眼睛。

真理只忠于时间

感情这个东西，是最不忠于时间的。但是，真理却不一样，对时间的忠诚度特别高。

真理是专一的，它只忠于时间。

真理经过时间的打磨会愈显其光辉。

有意思的是，谬误中也能寻见真理的踪迹。

更有意思的是，你跋涉千山万水去寻找真理，也许蓦然回首，你会发现真理其实就在出发地。

可见，寻找真理未必都需要一往无前，也许一个转身就可以瞥见真理。

这也说明，接近真理的路途也应包括"折返"。因为在追求真理的过程中，你可能遗漏、疏忽、错过了真理。

只有与真理相遇的那一刻，你才算是踏上了正确的路途，知识才会闪光。

这是一个全新的开始，但传播与实践真理又将是漫漫长旅。

16 理性

甄别"泼冷水"的人

▶ 谈及理性，没法不牵扯感性，以及感性的小兄弟，一个叫"冲动"的家伙。打个比方，感性像绘画，理性像设计。二者各有所长，各有风格。蒲柏在《人论》中说："我们航行在生活的海洋上，理智是罗盘，感情是大风。"理性犹如大山大地，坚定不移，佑护城邑平安。感性犹如大江大河，任性地冲决与太过热情地浇灌。感性的人容易自作多情，理性的人则有时看起来略显冷漠。理性能给人安全感，在生活的海洋中有如"定海神针"。理性就像我们的亲人，不离不弃，因为激情过后理性总会归来。不过，过于理性的人是没法做出选择的，因为他总指望着还有更好的出现。理性能避免悲剧，过于理性反而可能酿成终身之憾。◀

"感情用事"

每个人都可能犯傻，可能出丑，可能对自己说的话也不知所云。这没什么后悔的，也用不着苛责。但作为成年人，越少感情用事越好，因为成年人你得罪不起，一旦得罪了很难重修旧好。

感情用事，对于年轻人来说，几乎不可避免。感情用事多是认知还不够成熟造成的。

一个从来不"感情用事"的人是不可想象的。

从来不"感情用事"的人固然不会犯大错，但因其对社会生活的参与度不高，涉入他人精神世界不深，易遗漏很多与人交往的美好。

人与人之间主要通过感性来连接。如果同另一个人只有理性的交流，而没有感性的欣然参与，那事实上我们与另一个人并没有相遇，对方也不会在我们的生命中留下痕迹。

当然，感性由着性子、顺着心性来行事，所以需要理性及时看护。如果只是"感情用事"，就会时常将事情弄糟或搞砸。情感本质上是激情之物，是一匹野马，若没有理性御驾，就不要让其脱缰。

我赞成有节制的理性，也崇尚疯狂的感性。纵有万千智商，缺少情商，人生也不会精彩到哪里去。运用感性，只要能做到自知与可控，就庶几可以收放自如。

理性的"自我防御"本能

既然"自我防御"是本能，何来理性？其实，本能并不排斥理性，理性更应是本能的组成部分。趋利避害是一种本能，但这是基于理性的判断。理性的"自我防御"本能，不是攻击性的，规定了"自我"冲动的边界。

与理性生活比较，感性生活中有更多的"自我"，更接近本真。

"自我"这个东西，在娘肚子里就开始与我们同胎共育，在还不太懂事时就开始形成，跟着年龄一起成熟定型。

"自我"是感性与理性交媾的产物，感性虽然一直为理性所控制，但感性也一直在冲撞着理性的壳，并成为个性中最活跃、最具有表现力的部分。

理性在人的成长中所担任的角色，像是大哥哥大姐姐，一直照看着"感性"的小弟弟小妹妹。但被称之为"理性"的哥哥姐姐们也自有其惰性，也有玩心，会打盹儿，会撒欢儿，有时也会被"感性"的弟弟妹妹们哄骗，跟着他们"同流合污"。

一般来说，理性优于感性，但理性也有不靠谱的时候，一念之差就会给我们惹事儿。

理性是一种自我防御，会对主体的言行做出功利和道德风险等方面的判断与抉择。但是，这种判断与选择又是受感性影响的，隐含着人类普遍的趋利避害的本能。由此不难理解，理性对感性善意的管教、压制与适度的自律确有必要。

统合"人生碎片"

　　大概每个人都有这样的体验：思想是断章，想法是几颗散乱的珠子，串不起来。记忆是碎片，拼不成一幅完整的图画。人际关系也是时断时续的不愉快的拉拉扯扯。生活是满地鸡毛，心情不好时，感觉梦想也碎了一地。如同电脑磁盘一样，你不整理碎片，生活就可能当机，人生完全无法驱动。

　　被理性调和或者驯服过的情感来得舒缓而持久。

　　理性的作用体现在其缓释性、延迟性及可持续性。也就是说，理性能够将感性包裹着的巨大的快感缓慢地释放，而不是骤然地、一股脑儿或一鼓作气地排放、消耗殆尽。

　　从这个意义上讲，感性表现得短视而且任性，倒是理性像是有大格局，能将苦乐匀给人生的全过程，或者依据每个人各个阶段的承受能力合理分配。

　　感性的人情绪易冲动，情绪冲动的人易发怒，而理性的人则会控制住自己的情感，稳住自己的情绪。

　　理性好像有一种奇妙的"优选"、"优育"能力，会优选那些对人真正有用的功能与长处，进行良好的培育，使其价值全面、大幅提升。如果说感性有一种"出离相"，易使人生支离破碎，那么理性则更像是"聚拢相"，能统合"人生碎片"并使其有用。

　　可见，理性决定了人的"材质"，较为理性的人"材质"自然较为"紧致"，使用价值与转化效率就较高，并使不同的人高下立见。

理性是"安全阀"

　　不管怎么说，从各自的本质上来讲，非理性更像是猛烈的暴风雨，理性更像是和煦的阳光。人的能量无序冲动，往往负面的冲动还更有力量，专门冲撞人性的短板。

　　事物的本来面目，按说就是所见的那个样子吧？但是眼睛一经移开，记忆或想象中的就不再是那个样子了。

　　也就是说，事物的"真面目"，与所记得的、所认为的或所想象的相差甚远。

　　可见，理性不是起源于直觉或觉得，而是起源于看见与觉察。

　　以"理性之眼"视之，对一件东西单纯地只有喜欢或者厌恶，就妨碍了对事物完整性的认识，而敞心畅怀，接纳包容，不再持狭隘的分别心，事物的完整性就展现出来。

　　由于完整性具有浑圆敦厚的特质，不再轻易将我们刺伤，日常生活中也少了许许多多毛刺般的不爽感。

　　理性有时会限制自然产生的欲望，忤逆本性。

　　理性经常与自己作对，苛令自己做很多不开心的事情，扼杀掉很多想法。

　　即便如此，你可以恨它，但你不能没有它，因为理性是"安全阀"，是"守护神"。

　　所以，人生有几个时常给你泼冷水的朋友也蛮好的。

17 拒绝

善于拒绝的人乘坐的是人生"直通车"

▌ 带给大部分人最多困扰的是什么呢？是不会拒绝。不懂拒绝的人，无论是事业还是生活，哪有效率可言？那么，到底是什么阻止我们对别人的索求或邀约说不呢？我想，无非有这么几方面的原因：第一，别人帮助过我，或是我将来可能需要帮助，对方可能会帮到我；第二，担心拒绝会引起冲突，可能会激怒对方或破坏正常关系，或被孤立排斥；第三，怕对方面子上过不去，担心别人会说我不近人情；第四，我就是个乐于助人的人，拒绝会使我居心不安。在上述四种情境之中，就没有看到考虑自己的感受，优先自己的事情，似乎自己的感受不是感受，自己的事情不是事情。这种被动型人格造成的无力感是事业的大忌。唯"自我坚定"，唯学会"让自己成为理由"，人生才可能活得轻松，事业才可轻装上阵。 ◀

"面子强迫症"

自信的人并不怎么强调面子，因为他对自己的现状比较满意，过去没有什么羞于见人的事，未来的生活也暂时不用担忧。面子观念特别强的人，往往内心里还拖拽着廉价、鄙陋的长裙。

很多人不懂得，在恰当的时候说不，予以坚决地拒绝，是对自己的解脱，更是对别人负责任的表现。

不少人发心是好的，但于人于己仍然"成事不足，败事有余"，正是因为他们做了超出自己能力与控制范围的承诺。

根本就不会拒绝，几乎是不假思索地自动反应，痛快地承诺，慢慢地后悔。

多少人像我这样？

每一个不会拒绝的人都有"面子强迫症"。

我们都不是一个人在生活。不会拒绝的人，往往因为自己的承诺，不只是给自己，还会给爱的人带来烦恼。

所以，不要随便许诺，对于那些根本就没可能实现的诺言，早一天收回，别人就少一分失望。

善于拒绝的人仿佛乘的是人生"直通车"，效率更高，活得更洒脱。

对自己想要的保持克制，对自己不想要的直白地拒绝。更要学会拒绝做那些给自己带来不安的事情，而且拒绝后也要心安理得。

这是脸皮非常薄的我们需要加紧准备的功课。

人生宝典中不能没有拒绝

人生中不能没有拒绝，否则人生就没有效率，而且越是心肠软的人越难做人，越难成事。

你只想要人生的美好与生活的甜蜜，但那绝对不是人生或生活本身。因为人生是一个整体，生活本就是五味杂陈。

我们往往只接受那些好的和有利于自己的变化，而对糟糕的或不利于自己的变化心怀拒绝。这样接受一半拒绝一半真是毫无道理。

人只有学会接受自己不喜欢甚至厌恶的东西，才能成为一个完整的人。你若排斥你不喜欢的东西，其中有益的成分也被排斥掉了。

人们往往因为追求而忽略了身心健康，到头来会发现身心健康才是世间最有价值的东西。

而那些矢志追求的东西，譬如理想、追求、志向，比起身心健康显得那样无足轻重，甚至不值一提。

现在，该知道为什么我们总是身心俱疲吧？因为我们设定了太多异常宏大、空洞、抽象且很可能遥不可及的所谓"人生目标"。

所以，要知道自己"是什么"，更要知道自己"不是什么"，而且后者更重要。只有知道自己"不是什么"，才可以理直气壮地对力所不能及之事说"不"。我们是人，不是神，不可能什么都要得到，什么都变得来。

我认为，人生之旅中难免会"横生枝节"，这倒不是什么大事。"大事"是：你的人生宝典中没有收录"拒绝"这个词。

18 追求

....

找一件力所能及的事情并将它做好

▌ 莎士比亚在《威尼斯商人》中说："世间的任何事物，追求时候的兴致总要比享用时候的兴致浓烈。"荣格也说："一个人只能在他还没有占据和拥有的领域内，才会希望获得满足和实现，而决不会从过多拥有的东西中得到乐趣。"追求，若既没有过程中的丰富感受，又没有得手后的心满意足，那还是歇了吧！　　　　　　　　　　　　　　▌

让追求回到正确的轨道

追求要有欣快感，感觉浑身是劲，意气风发。否则，如果追求本身是种苦刑，那得到的果实又怎么可能甜润？

尽情地喜欢我们喜欢做的事，尽可能地喜欢我们不得不做的事。

主动态生活方式给人带来更多的乐趣。

同样是一支蜡烛，主动地燃烧自己还是被动地被别人消耗掉，命运与境况大相径庭。

追求是必要的，但切忌盲目。

盲目的追求有时反倒加剧了人生的不实在感、不确定感与不安全感。

不如让追求回到正确的轨道，仅使追求成为一个人保持年轻态的方式，而不要赋予它过多的使命。

还有，我并不认为追求是需要无止境的。积极向上，有抱负，有追求，诚然是好事，但一个人一生都在奋力奔跑，未免残酷，亦未免愚蠢。所以，我认为努力到较为理想的状态就可以了。

也就是，努力到感动自己为止。

追求磨损自尊

想要实现某一目标，就得围绕目标调集资源。有些资源是自有的，还有些是互利互惠的，这都没有问题。但是，总有些资源需要求人，因而追求其实不是一个人可以单打独斗，或大包大揽的事。这个时候，尊严与预期利益孰轻孰重，预期利益是否能够补偿到被磨损的自尊，需要三思而行。

追求是绝对体面的事情么？我并不这么认为，反而觉得追求在很大程度上相当于乞讨。

是不是这么回事呢？请回想一下，在追求的过程中，你损失了多少自尊？真的一点儿都没有吗？

实现人生理想，确是桩不易之事，特别是需要别人帮助的时候，不只是自己要求人，别人帮助你的时候，他也得去求人啊！

有人不喜欢听"求人"这个词儿，那我说"麻烦人"行么？

其实，好些宏图大愿，未实现又怎样，实现了又怎样？

人们矢志得到的东西，原来是用于蔑视之。

有时候，我真的会这么觉得。

不只蔑视所得之物，你可能还会蔑视自己原先的付出，甚至曾经那么努力的自己。

莫让追求成"折腾"

　　没有欲望就没有伤害，没有乞讨就没有侮辱，没有追求就没有折腾。其实，追求也可以是按部就班、踏踏实实地做事，为什么却成了"折腾"呢？

　　追求不仅相当于"乞讨"，在某种程度上还等于"折腾"。

　　我得出这一结论，并不武断。或许不少人像我一样，在追求的过程中，做了大量无用功。有时候，还没弄明白自己真正想要什么，什么才是对自己真正有益的，就开始盲目追求了，这不是等于瞎折腾么？

　　有的人简直是被所谓的"追求"整出毛病了！譬如"折腾症患者"，所作所为完全是在自我催眠状态下进行的无效劳动。

　　我们为什么要追求？不就是要给人生一个交代么？不就是要给家人和其他爱的人有一个交代么？

　　就只为"有个交代"，我们就开始瞎折腾，还美其名曰"追求"。

　　不停折腾自己只是为了"有个交代"，真实意图是逃避现实压力。一直折腾，就一直有"交代"，至少正"交代"着呀！

　　"折腾"的实质，是以勤奋劳作的方式掩饰内心的逃避与恐惧，是变相的懒惰。

当你往一个方向赶，朝一条道上奔时

时间是条单行道，每个人的人生也只有一次。这意味着往一个方向赶，朝一条道上奔的机会成本巨大，风险极高。所以，任何时候，不顾一切、孤注一掷、竭尽全力的决定都需要经过认真论证，采取什么样的行为也需严格评估，避免出现事业上一无所成、生活上一无所有的悲剧。

幸福是人生的目的，对幸福的追求当然是正当的。

但如果你像猴子掰苞谷，永远盯着下一个，对到手的东西既不看重，又不用心品尝，那到头来对幸福的追求就是"竹篮打水一场空"！

不管怎样，将追求当动力而不是压力，一直在追求、一直在路上就好。

我一直觉得，使生活美好起来的方法之一，就是去找一件你力所能及的事情并将它做好。

这才是我所认可的"追求"。

有些人一直在往前奔跑，咋一看起来他的人生态度很积极。但是，很多人都是没想好就开始去追求，因为看到那么多人都在往一个方向赶，朝一条道上奔，就盲目加入，蜂拥向前。

这种单纯地为追求而追求，为奔跑而奔跑是没有意义的。他们并没有思考前面有没有自己想要的东西，自己想要的东西到底是什么？

瞎走乱跑、懒得看路的危害

有些人只盯着目标，拼尽全力，一路狂奔，结果就失足跌进路坑里，等他好不容易从路坑里挣脱出来，由于体力不支，已经没有继续奔跑的力气。

不是有脚的人都会走路，不是有脚的人就能拥有高效率的人生。

有的人就只会瞎走乱跑，根本懒得看路。

明了前路，是每个对人生有所求的人最值得去做的一件事。

追求与"脚踏实地"结合就能建起高楼大厦，与"纸上谈兵"结合就只能是海市蜃楼。

未来固然重要，现实生活不是更重要吗？

你所"追求"的可能是虚无缥缈的，而现实生活多么殷实、丰富、多彩啊！所以，无论怎么追求，怎么憧憬，都不要罔顾现实，脱离实际。

没有人能保证将来就一定会比现在好。现在的状况是否已是人生的"最高点"，是否已达事业的"峰巅"尚未可知。

倘若是，岂不是适得其反，得不偿失？

"苟且"就是"苟活"

尽管人生也不必事事认真，在一些不是举足轻重的问题上，偶有些苟且，是放松、是静养。人生在一些重大问题上，绝不能苟且，必须严肃认真。

若是人啥追求也没有，觉得什么事情都无足轻重，对什么事情都不以为然，那于生活就是"苟且"，于人生就是"苟活"。

既然是追求，那当然是择其好者而要之，择其无用者而舍之。故此，每隔一段时间要就地舍弃、埋葬一些未遂的愿望，轻装上路。

追求不是越多越好，有舍才有得。肯舍得最多的人，恰恰是那些愿意取得最少的人。这是因为，他们懂得创造与贡献有更多的乐趣。

追求需要付出，撇开付出说"追求"就是空谈。你有无穷无尽的愿望，却一丁点儿都不情愿付出，你真以为天上会掉馅饼么？

幻想一觉醒来就遍是幸福的鲜花，那是妄想。幸福的鲜花可能盛开在荆棘丛中，幸福不会自动到来，需要你身体力行去寻找，不怕被刺伤。

因为人生有希望，所以追求。善用追求，善于享受追求过程的人，并不指望一蹴而就，或一口吃个胖子。他们一定会体会到：追求的真正价值在于未完成。比实现梦想本身更加激动人心的，是一点一点地接近尚未完成的梦想。

因为人生有追求，所以希望着，也忧虑着，生活的每一天都像忐忑不安的初恋一样美好。

19 时间

时间捉襟见肘，生活就凌乱不堪

►　"流光容易把人抛，红了樱桃，绿了芭蕉。""时间长着一副利爪，它会抓破娇嫩的脸。""生命和美是最耐不住时间的一种存在。"人们用"流光"来描述时间，因其闪闪烁烁，斑斑点点，无有穷尽，终有穷尽。无有穷尽是对人类，终有穷尽是对个人。人是一种低效的生命体。不是谁想低效，而是每个人都有自己的日常，时间在日复一日的单调重复之中，哗哗流逝。时间是个黑洞，稍不留神，生命就会被吸走。大块切割的东西不易被冲走，而碎的饭粒和菜叶，极易被吸进下水道。高效利用时间，将人生过得紧致一点的方法，莫过于严格作息，谢绝打扰。　◄

必须计算的"生命成本"

人生若是什么都核算成本，那根本没办法活。不是说人生什么都不要核算成本，比如你耽误别人的时间，因为属于"谋财害命"，还是得入账才好。

每次睁开眼睛的时候，像是能听到时间蹿走的"唰"声。

我们还能从钟表秒针的"滴答"声中，感受到时间的流逝，清晰而又坚定，从容而又无情。

对于时间观念较强的人，点滴时间的流逝，仿佛是在咬啮生命。

所以，特别珍视时间的话，就尽可能不要去做那些无意义的事情，也不要交那些无聊的朋友。

千万不要忘记，做任何事情，陪伴我们的还有时光。

不要以为自己也没浪费什么金钱，也没付出什么精力，其实比浪费金钱与精力更令人心痛的，是你的生命正无声流逝。

时间是按部就班的"搬尸工"

我们贪生怕死，却又不怕浪费时间，这真是不可理喻。也许真的只有将每一天当做"最后一天"来过，我们的时间才会得到完全的利用，就像上帝赐予的一碗圣水，一滴也舍不得泼洒。

我们不愿看到有人剥削别人的劳动，或无偿地占有别人的财富，但对身边那些无端剥削，或无偿占用别人时间的人尚未保持警觉。

特别需要注意的是，如果无端剥削、无偿占用你时间的人是亲朋好友，这种消耗你生命的事情就好像是"天经地义"的了。

时间是个不动声色的观察者，尽管表面上从不劝谕或催逼我们做这做那。同时，时间是最为客观的见证人，它默默无语，只是按照上帝的旨意准确地呈报生命各个阶段的体征。

时间用皮肤、毛发及器官的衰老变化，提醒我们与生命终点的距离。

也许时间只是按部就班地为上帝打工的"搬尸工"。在时间这一终裁者面前，每个人都在排着队等死。

若是这样想，也就释然了！既然生命的结局都一样，何必将人生过得紧巴巴的呢？

管得住时间才管得住自己

　　如果说人生是一本由自己来写的书，时间好比是稿纸的格子。想书写好自己的人生华章，就要中规中矩，填好"时间格"，让人生每一个字都不逾矩。

　　管得住时间，才管得住自己。
　　什么叫"管得住时间"？
　　管得住时间，无非就是能自主提高时间的使用效率。
　　时间的使用效率提高了，生命的肌理就会更加紧致。
　　时间是根皮筋，不同的人会拉出不同的长度。
　　最忙的人拥有最多的时间，然而若是瞎忙，那就浪费了最多的时间。
　　可见，高效利用时间该多么重要！
　　能高效利用时间当然好，因为这样才能获得更多的自由。
　　但也切莫当时间的吝啬鬼。过于吝惜时间，会无端产生焦虑情绪，轻易就抵消了生活的质量。

纠结异常浪费时间

时间是根橡皮筋，善用者可以拉长。但是人生纠结起来，就是瞎拉乱扯，浪费时间。由于日常生活中的纠结，方方面面，林林总总，不可胜数。人生的大部分时间，就被这看起来无关紧要的小纠小结所占据。这真是个人人可感，却又人人无奈的悲伤故事。

纠结，异常浪费时间，堪称时间的"刀斧手"。

遇事当机立断，才能将零碎的时间接续起来，使人生变得更有效率，更加有节奏感。

能当机立断的人很幸运，可以减少很多纠结，从而节省很多时间做其他的事情。

但是，肯给自己时间纠结的人也很幸运呀，慢慢来消化一些心结，并在这一过程中体会纠结本身的甘苦甜涩，不是能品尝出更多的人生乐趣么？

我发现，如果喜欢某件事情，就会多花点时间在某件事情上，于是生活中自然少了好些纠结。

原来，生活中很多的纠结，起因于不肯给自己纠结的时间。

时间捉襟见肘，生活就凌乱不堪。

奢侈莫过于时间的阔绰

如果有钱了，就尽可以压缩讨厌的工作时间，相当于买到了闲暇。如果你没有虚荣心，那么任何奢侈品，都不及时间的阔绰奢侈。

人不会辜负远大的前程，却极易辜负眼下的风景。

前程是绝对好的东西吗？

我倒觉得，"前程"是个体忧虑的发源地之一。人们往往赋予"前程"过多严肃的意义，给予过多的期待。人时时刻刻惦记着"前程"，难道不是压力么？

其实"前程"的通俗称呼就是明天。所谓"前程"，就是明天的累加，日复一日。

"明天一定会来，但一千个明天也补不回一个今天。"

这样的人生箴言听得不少吧？

总是赶时间，总是赶时间，结果就赶走了生活。

时间是品质生活的主要障碍。谁忽略了时间，谁就赢得了生活。

须知，人生的奢侈不在于财富，而在于时间的阔绰。

我觉得，什么滋养都不及闲暇的滋养，恩赐自己什么都不如恩赐自己时间。

但行好事，莫问前程，也莫问时间。

宁愿做"收集时间的乞丐"

如果时间像是人们收获季节遗失的穗子，拣回来可以储存，并将别人浪费的时间接续到自己的身上，那我真的宁愿做"收集时间的乞丐"。

我对一掷千金的人表示反感，对虚掷光阴的人也表示痛心。

对于虚掷光阴的人，我不知道他虚掷的光阴是垃圾，还是虚掷光阴的那个人是垃圾。

比起做一个富可敌国的财主，我更愿意做一个"收集时间的乞丐"。

拥有自己的时间多好啊！不管你有没有钱，至少你有支配时间的自由。

随便你想什么或不想什么都悉听尊便。这种状态，对于繁忙奔波的都市人，想想都觉得醉了。

浪费时间不只是可惜，还像浪费粮食一样可耻。

这句话，我可以称之为"时间文明使用公约"么？

有人只知道自己虚度的是光阴，而未能意识到那是黄金。

对于尚没有资格挥霍时间的人来说，虚度光阴不只是无知，亦是无耻。

那些挥霍时间的人，生活得多么惬意啊！然而，在取得挥霍时间的资格之前就开始挥霍时间，我会为你感到揪心，而且愤怒！

时间是最雄厚的资本

再富有的人，如果已时日无多，那算是哪一种富有呢？恐怕他愿意拿出所有的财富，哪怕是交换到一张"苟延残喘许可证"。

有些人对前途一片茫然，认为自己什么资本都没有。

但是，他们不觉得时间就是最雄厚的资本吗？

如果一个人还拥有可以自由支配的时间，那就不要说自己一无所有。

善用时间的人，可以在生命的长轴上绣上最绚丽的花朵。时间意味着创造的空间和关于未来的无限可能。

不要感怀过往，不要感叹时运不济，怀才不遇。总的来说，时间是仁慈的，它极少让所有不幸同时发生，这使得人的生命力得以保持，使被消耗的生命得到补给。

而我们感恩时间的唯一方法便是珍惜时间，提前防备，从容应对将要到来的一切。

空谈是最浪费时间的，将争议暂时搁置吧！

在有定论之前，请将行动献给时间。

时间对于勤奋耕作的人是生命的勋章，对于懒惰荒疏的人则是生命的耻辱。

片面的时间观念是获得自由的最大障碍

任何东西，你要尊重它、珍惜它，它才会报答你之所需。

时间是生命的杀手吗？

不是，它只是生活的忠实记录者。

不要跟时间开玩笑，时间只管静静流淌，根本不理会你的幽默。

时光从不老去，是我们自己在与时光的对峙中败下阵来。

给足时间，相信一切痛苦都能酿成美酒。

事实上也确乎如此，时间是比美酒更好的东西。譬如发呆，就是不用花钱，花钱也买不来的关于"虚掷光阴"的奢侈故事。

人生最大的奢侈是拥有挥霍不尽的时光。奢侈不仅仅是财富的充盈，更是闲暇的充足。

只当是时光多得需要消磨很久，只当青春年少会卷土重来。只当是时间多得不要不要的，哪里需要珍惜什么时间！

我发现，时间是最捆绑人、束缚人的绳索之一，时间甚至敲诈人、勒索人，仿佛在叫嚣：你再不怎么怎么地，我就走了哈！

我发现，片面的时间观念是现代人获得自由的最大障碍，"珍惜时间"的怪异呼声成为现代人的压力之源。

有没有办法让时间停驻或让时间滚蛋？

有的，那就是忘记时间。忘记时间后，你的脚步会更轻快，整个身心会轻盈得差不多能飞起来。

20 完善

生命的晋阶

　　适量的劳动，对于任何人都是必要的，无论是从生理的角度还是精神的角度看。人有惰性，本就好逸恶劳，不劳动必然游手好闲，精神可能就萎靡不振。说所有的劳动都是享受，说得绝对了点，那都是你所认为的享受。同样的汗流浃背，"劳动性的"和"锻炼性的"截然不同。每个人需要的工种和劳动量不一样，视乎生存或生活的需要而定。劳动者在大地上种庄稼，与艺术家在画布上绘画，是同样的辛劳和创造。劳动者在繁忙的车间挥汗如雨的样子，与运动健儿在绿茵场上奔跑的样子，有着同样的帅气。面对劳动，有两件事必须做：一是参与，二是尊重。

"加在汤汁中的盐"

劳动是缺衣少食年代的愁苦，却是丰衣足食年代的奢侈。劳动人民通过上流社会的锦衣玉食而鄙视劳动，上流社会却通过餐前的祷告感恩劳动。鄙视劳动就是鄙视自己，而尊重劳动就是尊重自己。

如果说，享受像砂糖，使咖啡更甜润可口，那么劳动更像是加在汤汁中的盐，使生活的气息更加浓郁。

劳动是生命的首要职责，适当的劳动使人充实、健康，且衣丰食足。而懒惰，始终是贫穷的近邻。

劳动能力是上帝对生命的恩赐，劳动成果是生命对上帝的报答。

劳动是使幻想接近现实的最有效的方式。无论是你想到或想不到的好东西、好生活，都可以靠劳动得到。

任何惬意的休闲活动带来的愉悦都不及艰辛劳动带来的那种满足与舒畅。

劳动，通常就是为了更好地休息。但有时候，劳动本身就是最好的休息。

生命的晋阶

再高的台，再华丽的宫殿，再精美的冠冕，都是通过劳动来实现的。可以说，劳动是生命的属性，也是劳动者的荣耀。倒是那些游手好闲、好吃懒做者，他们不配分享劳动的果实，人们应该以唾余伺候他们才对。

劳动不是人生酷刑，而是上帝赐予的改造自己的机会。

那些热爱劳动的人是幸运的，因为劳动已成为他们生活中最动人的部分。

劳动不仅是保全生命的手段，更是完善生命的途径。

能涵养人的劳动才有价值。劳动者通过劳动，不单是喂养自己，更是生命的晋阶。

劳动不是宿命，不是偿债，而是生命的职责所在。

每个人都应该自食其力，好逸恶劳无异于盗窃。

一切高质量的工作都凝聚着责任和爱

注入责任和爱，才能生产出好的产品。不只是合格，而且还赏心悦目，精美得令人叹为观止。好的环境、好的心情、好的产品，三者互动互促，所以管理者不能辜负、不能无视、不能不感恩劳动者付出的责任和爱。

劳动的目的在于生产或创造出产品，但若无责任与爱的注入，就不会有好的产品。

在劳动中加入责任与爱，劳碌奔波立即变得有意义起来，产品质量也立即得到改善。

无论是创造物质产品还是精神产品，责任与爱都是提升效率与质量的魔方。

可以说，一切高质量的工作里，都凝聚着责任和爱。

人按照自己的喜好进行选择的，按照自己的喜好进行生产的产品，甚至附载有生产者的个人信息与心情密码。有幸选择了自己偏好的职业，就一定能设计出好的流程，生产出好的产品。

好的职业、好的心情与好的产品，就是这么联系在一起的。

尝试激情地投入工作

有时候，我们集中不了精力，总是心神不定，惶恐不安，那一定是心中有什么惧怕、烦恼和忧虑。但是，即使有也没什么，只要激情地投入工作，那些惧怕、烦恼和忧虑顷刻之间就会烟消云散。激情是精神涣散最有效的治愈剂。

责任与爱同时注入组织，组织才是无往不胜的。

除了责任和爱，想象力，即好的创意，对于生产出好的产品也非常关键。

道理很简单。劳动，自然会伤神，特别是在高负荷下的劳动，一定也有辛酸和委屈，一定也很劳心。

劳动是脱贫致富、离苦得乐的途径。但并不是所有的劳动都值得讴歌，劳碌奔波是对生活品质的损害亦是虚伪。

机械的劳动只是自我救赎与自我驯服的工具，其全部价值就只有辛劳，而只有富有创意的劳动，才能释放想象力并带来快乐。

劳动的快乐会唤醒激情。

日常生活中，我们不是时常会心情不好，或情绪不佳吗？

请相信：激情地投入工作，本身就是一种治疗。

当进行不下去的时候

当某件事进行不下去了，实际可能不是真的那件事没办法继续，而是你卡在某个意识上。意识不再自由流动，你的四肢不再能得到头脑反馈的信息，于是你手足无措。试着疏通意识，克服惰性，体验喜悦，让生命的能量复原，助你再次轻装上阵。

当专注于做一件事的时候，有时候竟觉得进行不下去了。

这时候，很难分辨出究竟是什么原因，是心力交瘁，还是体力不支？

不过很多时候，进行不下去都还是错觉，真实原因是懒惰拖住了继续行动的脚步。

我认为，身懒源于心惰。

惰性是蛰伏在我们体内的猫，好吃懒做，我们嫌恶却无力赶走它。

假如每天都在与惰性抗争，哪怕改变仅有一点点，也是值得钦佩的。

勤奋是磨刀石，越磨越锋利。懒惰也是块磨刀石，越磨越钝。而且，懒惰的人累积的问题，像滚雪球一样越滚越大，慢慢地也就滚不动了。

"无计划的勤劳" 不如 "有计划的懒惰"

勤劳并不总是有收益，懒惰则一定无收益。懒惰既然是人性的一部分，也不是一点积极作用都没有。最起码，懒惰有减压、松弛、安神、静养的作用，所以"有计划的懒惰"也很重要。

谨记，少年时的安逸，只是将辛苦推往将来。

有人渴望成功却不愿勤奋地劳动，渴望收获幸福却不愿辛苦地播种。

可不是每个人都是天才！即便是天才，就可以不劳而获么？

那我们来说说天才吧！

我觉得，有天赋的人可以少劳动，但绝无可能不劳动。天赋只是上帝赐予的一粒种子，得到种子的人想成为天才，总还得为种子找到合适的土壤，辛勤浇灌，悉心呵护吧？

天才最令人感动的，往往不是成就本身，而是其付出的辛勤的汗水。

可见，只有付出劳动才会成为天才，而非天才无须劳动。

天才遇到勤奋是一种祝福，遇到懒惰是一种诅咒。

当然，无论是庸才还是天才，勤劳不能盲目。

盲目的勤劳徒劳无功。

有时候，无计划的勤劳还真不如有计划的懒惰。

拜欲望与激情所赐

除却欲望与激情，人生确实也没有什么可以能引起面热心跳、豪情满怀的刺激。生命的情绪与能量若是长时期低位运行，那心情很可能会抑郁下去。年轻人富有欲望与激情，中老年也不妨持有一些。

不要轻易否认或抹杀激情，它是激荡灵魂的灵丹妙药。

激情能打破生活的四平八稳，带给人飞升的体验与昂扬的斗志。

我常想，要了解一个人是否还有成功的可能，不妨问他还拥有多少激情。

为什么呢？因为激情消逝，希望也将无迹可寻。

激情是欲望的火焰，欲望是激情的火种。拜欲望与激情所赐，人生才能够成为一些事儿。

不过需要注意，当强烈的欲望与澎湃的激情相遇的时候，人容易进入疯癫与迷狂的状态。

一切创造物都是灵魂的作品

产品不仅仅是产品，还是生产者知识、智力、技术含量、工艺水平、审美能力甚至道德修养的镜子。浸透灵魂的作品都是好的作品，创造者不只是用了脑子，用了心思，还动了感情。

不知道为什么，每当提起"激情"这个字眼，我就感觉到身上有一种力量在蓬勃。

我想到"创造"这个字眼，因为唯有创造才能使激情迸发得有价值。

激情的作品都是心造之物，是灵魂的原创与传奇。

在我眼里，"原创"是需要景仰与尊重的词。灵魂的作品才能称之为"原创"，否则就只能称之为"原产"。

在所有流水线作业的东西，严格上来说都不能算作是灵魂的产物。

尽管它的模板可能是灵魂的造物，但同质复制后，就从"原创作品"变成工艺品了，而工艺品则较为肤浅。

未来憧憬不来，唯有创造

产品生产前需要设计，生产后需要包装，任一环节、任一工艺、任一细节都是文章。每一生产流程、工艺流程、销售流程，都有可以作些微改进、微创新、微提升的地方，这些都是施展才华的机会。

未来与其说是憧憬出来的，不如说是创造出来的。有人用憧憬来预知未来，有人则用创造改变世界。

有两种创造：一是器物的发明创造，另一种是生活的创意。生活的创意包括对器物的创造性使用和创新性的玩法。

物件本身是具有使用价值的，对物件创意地使用能无限地扩大其使用价值。想象力能使你见到的任何物件具有更广泛的使用范围，并且使这些物件增值。

有创意的生活，本身就是幸福的生活。创造的每一步都充满着创造的喜悦。

创造是享受的更高境界。享受中只有快乐，而创造中有欢乐。

劳动只是生存的戳记，创造才是生活的奖章。

一个人活在世上，要么给世界创造点物质财富，要么创造点精神财富。否则，就应该自觉少予少取，给这个世界增添最少限度的污损与搅扰。

21 财富

你所拥有的财富只是符号

> 小时候母亲常说："贫贱夫妻百事哀。""一文钱难倒英雄汉。""光棍有钱，遍身是胆。"类似的话西方也有："钱兜里有钱胜过朝中有人。""钱包轻的人心事重。"俗话说："人是铁，饭是钢。"人生在世，饭钱总还是得要的。从这个意义上讲，只要与钱沾上边，谁能不俗呢？"财富是了不起的，因为它意味着力量，意味着闲暇，意味着自由。"罗威尔在《演说》中的这句话，将财富的价值说得很全。财富的价值还在于，使劳动成为传世之宝。对财富不抱期望的人，对劳动也不会感兴趣。而一旦人们意识到财富可以凭借劳动得来，劳动这种人类共有的精神支柱就会屹立不倒，且能够代代相传。

所谓"贵族精神"

一个人用餐却点了两个人都吃不完的饭菜，如此奢靡浪费的人，他身上哪里有一丝半点"贵族精神"呢？

所谓"贵族精神"，可能需要相当的物质财富来支撑。

但是，占有财富的趋同，并不意味着内在的趣味趋同，"富"未必就"贵"，财富的多寡不能说明操行品德的高低。

同是拥有巨量财富的人，可能是"贵族"，也可能是"暴发户"，二者是不能相提并论的。

贵族品质的培养非一朝一夕之功，需要毕生精神与道德的精进，甚至是一代又一代卓越家风的传承。

一个人若无高尚的品德与良善的操行，比如有的"暴发户"，占有的财富越多，对自己、家庭乃至社会的祸害就越大。

依自然本不该有的东西若有了，不见得是件好事。拥有自己不配的东西，会给自己增添无谓的负担，而且迟早还会失去。

一个人拥有本不该属于他的东西是一种毒害，财富应该给予那些品行与之相匹配的人。

能带来舒畅与安暖的才算好东西

就像黄金与钻石并不能给爱阅读的人带来快感，那些众所渴望、人所共求的"成功"与"幸福"，未必能给人带来身的舒畅与心的安暖。所以，无论你拥有什么贵重、稀缺的东西，都不要以为别人也很艳羡。人们对自己并不稀罕的东西，看都懒得多看一眼。

很多人只是希望得到更多，而不是过得更好。其实，超出自身需要的同质的东西，都是浪费储存空间的无用之物。

就是说，占有的财富超过基本消费的需要，超过的部分就是浪费。

少量黄金饰品戴在身上是装饰，倘若用黄金做成衣服穿在身上，那就是枷锁。

占有财富，目的是为了提供物质保障和安全感。但占据的财富若超过安全保障所需，难道不应该有罪恶感么？

财富只有契合一个人的真实需要才是值得庆贺的，囤积本应属于大家的财富如何心安？

财富的价值视乎你有多看重。对于奉行精神生活至上的人，财富的价值可能就没有某些人想象中的那么大，也没那么诱人。

能带来舒畅与安暖的财富才算是好东西。

拥有财富的正当性体现在与适宜的需求相匹配，不具备正当性的财富迟早要还回去。

"富有的生活"与"文艺的生活"

不富有的文艺生活可能是窘迫的，富有但不文艺的生活有"土豪"之嫌。其实，过哪种生活都不打紧，紧要的是自己感觉惬意。

你可以过得很奢侈，我可以过得很文艺。

"富有的生活"与"文艺的生活"，你选择哪一种呢？

我想，这与个人的精神生活需求密切相关。

譬如，有时会应邀去一些没有文化底蕴的富豪家参观。当朋友羡慕得不得了的时候，我却一点感觉都没有，恨不得早点离开。

朋友说："光装修就花了大几百万，都能够再买一套毛坯房了。"

我都懒得回应，真是道不同不相为谋啊！

"我真的没什么感觉，这房子送给我住，我也不住。"这是我绝对真实的想法，但我终究没说出口。

参观完后，这位富豪兴奋地炫耀自己的财富，我竟然没有丝毫的羡慕，只是好奇他显摆完了还有什么？他偌大一个书房，本该是最有文化气息的地方，却装修得俗里俗气。

你看到的是"奢华"，我看到的是一种财大气粗的浅薄。

"文艺范"所要的娴静与优雅

"文艺范"是年轻人创造的，但由于他们大多是辛苦的加班族，经济上尚未能支撑得起这样的生活，所以他们只能偶尔文艺一下。

当你拥有一样企望已久的东西，同时你也有了担心日后失去它的恐惧。

心惊胆颤地想得到，又胆颤心惊地怕灭失，倒不如干脆没有。

好多事情都是这样。早知今日不过尔尔，何必当初焦渴难耐。

智者享受一切，却不思拥有，我想这是有道理的。

于是就有人拿这个道理来攻击有钱人。

"有钱又怎么样？放在家里怕人偷抢，存在银行又怕贬值！"

"像我这样，钱没多少，够用就好，不用像他们那样担惊受怕呀！"

我发现，不少人对金钱与财富的评价并不客观，常常是有钱人说无钱人的"苦楚"，无钱人说有钱人的"贫乏"。

客观地说，若生活失去保障，"文艺范"所要的娴静与优雅就无从谈起。对于崇尚精神生活的人，养家糊口都做不到，他们想要的淡定与从容也是欺人之谈。

但如果一个人仅以金钱与财富来证明自己的全部价值，那总体来说，其趣味是低级的，其品味是不高的，其思想是肤浅的，其生活是乏善可陈的。

"钱眼"是魔鬼下的咒

鲁迅说："我们有钱的时候，用几个钱不算什么；直到没有钱，一个钱都有它的意味。"

如果仅以拥有的财富来衡量人的价值，那就是将自己卖了。

以拥有的财富来衡量价值，固然也能找到理论支撑，但毕竟是将人等同于"商品"了，可不就是将自己"卖了"么？

瞧瞧，钻进钱眼里，也就钻进魔鬼的咒里了。

我确信，世上所有高贵的东西，是不屑、不应也不会用于交易的。

钱奴役了我们最多，也奴役了我们最久。没了钱几乎没人能够扬眉吐气地生活，然而真要扬眉吐气地生活，还必须得离它远远的。

在拜金主义者那里，金钱是傲慢的。因为金钱瞧不起它的主人。

很多人追求财富，无非是为了证明自己，以建立或恢复信心。

而当遇到的人并不看重财富时，即便是腰缠万贯的人，也又要不自信了。

你拥有再多的贵重之物，与人品的高贵也没有半毛钱关系。

谁在为"面子"打工

天底下最不划算的事，就是为面子打工。每个人都有虚荣心，但虚荣心若是需要以受苦或打肿脸充胖子的途径来满足，那就是十足的病态。

生活中还有这样一些人，他们不停地述说过去的苦难。

其中，为数不少的，是功成名就之人。

他们不厌其烦地述说过去的苦难，我猜测原因无非是对现在的境况比较满足，或是心知好事即将来临。

对现在的境况比较满足，述说过去遭遇的苦难，能有效平抑别人的妒嫉。

心知好事即将来临，还要述说日月无光的过去，或凄惶窘迫的过往，则不仅能平抑别人的妒嫉，还能使即将到来的光鲜更加夺目，暗含炫耀与报复的味道。

无论好运已逝，厄运将至，或者即将开始转运，接下来会柳暗花明，在人的话语、情绪上，甚至是举止、样貌上，都能寻见其先兆。

给足别人面子，还要给自己做足面子。难不成我们付出的所有，我们拼搏的一生，都只是为了个"面子"？

22 梦想

只有付诸行动，理想才发光

▼ 法朗士在《黛伊斯》中说："如果要毁灭人的一切梦想和幻想，大地就会丧失它的种种外形和色彩，我们也全都会睡在阴郁的愚钝中了。"诗人无不歌颂梦想，因为没有梦想，人生就无法浪漫。人生路漫长，看不到成功的曙光时，梦想可能是让你坚持下去的唯一理由。实现梦想的过程是艰辛的，因心灵的旅程总是与泪水相伴。无论是你的梦想还是你的坚持，都可能遭到非议或嘲笑，即使是最正确的梦想和最轻松的坚持，也是如此。不过，坚持梦想固然可贵，舍弃梦想可能更加轻松。"梦想"嘛，本就是"梦它一梦"、"想它一想"而已，为啥非得都要实现呢？不切实际的梦想，是人生最重的包袱，既害亲人，更害自己，不妨果断扔掉！◣

"有理想"与"理想化"

理想往往宏大而空洞，难以激起人奋力前行的心理动力。而目标具体而实际，能激发人的斗志与执行力。

人生有理想，如同船儿扬起了风帆。就像吃饱了饭，我们浑身是劲。

人不是非得有理想，也不是非得为了理想而活着，而是有了理想生活会变得更精彩。

理想与幻想一样，具有一定的欺骗性、催眠性和成瘾性。有毒、致幻、上瘾，这是世界美好之物共有的特性。

由于理想往往是很难实现的，忠于某种理想，可能恰恰是逃避现实的方式。

有理想的人，与"理想化"的人，含义不一样。有理想又"理想化"的人，容易走极端，甚至滑向偏执与癫狂。

有理想，就有奋斗的目标，生活就不会迷茫。当一个人放弃理想的时候，接下来只有认命了。

有理想的人不少，能在理想的牵引下务实行动的人却不多。缺少了务实的行动，理想就是镜花水月，除了用作观赏，带不来任何真正的价值。

只有付诸行动，理想才发光。

坚硬现实的"减震器"

幻想的东西，基本上也是幻像。但是，尽管是幻像，也是未来想要的生活图景的雏形。可见，幻想是个好东西，适量的幻想不是麻醉剂，不是迷幻剂，而是美好生活的助剂。

应该允许幻想与生活成为亲密的友伴。

有一种幻想叫"异想天开"。"异想天开"是少年时期最甜美的梦想，也是打开创造通道和灵感闸门的金钥匙。

离开幻想，只有现实生活，没有理想生活。

幻想是坚硬现实的"减震器"。

爱幻想，爱生活，生命树才会开出幸福之花。

乐观者，内心里都有幻想的花园。坚持每天到"幻想的花园"里漫步，有利于生命的修复、补给与滋养。

幻想行进的节奏那么悠缓，像袅袅升起的晨歌，又像定心安魂的小夜曲。

幻想像一位永不老去的母亲，抚慰过多少身处逆境或深陷悲苦的生灵啊！

我甚至觉得，幻想是上帝赐予人类的良药，用于镇痛与自救。

从实现微小的梦想开始

从实现微小的梦想开始，哪怕梦想再细小，也是着手开始实现的第一个人生目标。

一个人的富裕，首先是梦想上的富裕。

当然，梦想中的富裕是有害的，因为与现实反差巨大，易生沮丧。

不化作实际行动的梦想，末了都是沮丧。

可以胸怀伟大的梦想，但还是应该从实现微小的梦想开始。

梦想本身并不是人生的目的，而是应该照进现实，使现实生活美好如梦。

梦想不可以无边无际，而应该在现实生活中能找到根基。

换言之，梦想若能与现实生活形成一定的对应关系，才有希望成为现实生活的蓝图。

否则，梦想越美好，越如梦似幻，就脱离现实生活越远。

心若有梦

人是何等敏感易变的动物，已经没有多少人愿意拿出一两年、两三年的时间去守护一个梦想了！拖得太久梦会飞，中断得太久梦会碎。心若有梦，就请抓紧去实现。

人比动物的优胜或高明之处，在于人是有目的性的生物。人懂得存在的意义，不是仅为生存而存在，更是为了梦想而存在。

心若有梦，就不能说自己是一无所有。

只要还有梦想，人生就还没完结。

梦想既不能搁置太久，也不能过早宣示。

搁置太久，虽说梦想依旧还是梦想，可你却已不是原来的你了。如果到了人生尽头一个梦想都实现不了，那就白来世上一遭了。

过早宣示也不是明智之举。

试想，如果你对自己的梦想足够尊重，就不会让它招摇过市，或轻易暴露之，而是怀着感恩与欣悦的心情，耐心地等着梦想实现，待那时再掀开它神秘的面纱。

还有，若是你的梦想在与别人构成竞争的情形下，过早公示梦想易引起被人超越或被人蓄意搅扰的风险。

锻造出 "最魁伟的心"

不是每个人都必须有伟大的抱负，但伟大的抱负的确能更大程度地挖掘出自己的潜力。伟大的抱负可以决定人一生大致正确的走向，那就是为了人生"最好的目的"而活。

人来到世上一遭，为何而不管是为什么，只要肯为点什么。只要肯为点什么，人生就算是值得一过的。

人靠物质生活，但人最离不开的或许不是物质，而是梦想。

生活可以瘦骨嶙峋，梦想一定得腰肢丰满。

需要警惕的是，梦想易产生幻觉。特别是青少年，容易沉浸在梦幻之中。

坚定的梦想，就是人生的抱负。抱负的主要作用是凝神聚力，没有远大抱负的人易精神涣散。

抱负是心的熔炉，能锻造出"最魁伟的心"。

抱负决定人生的高度，不过需要有相应的能力作为支撑。

信念是种子

你信什么就能得到点什么，你信得越深就得到越多。

一个人若缺乏意志力，纵使他才华横溢，也终将是昙花一现。

人没有意志力，即便是天才，也会一事无成。

我这么说，想必没有人不同意。

意志力源于坚定的信念。信念，乃意志力之源。

信念，是一种坚信，有理性的成分，也有感性的因素。

信念催人奋进，是一种内在的力量。

信念不是静止不动的，它一直迈着坚定有力的步伐，领着你奋勇向前。

信念是种子，它本身具有自我成长的特性。坚定的信念，时机适宜，环境适合，就能长成参天大树。

我们要细心感受信念的内在力量，并聆听其明晰的指引。

披荆斩棘的刀斧

　　由于信仰基本上是排他性质的，所以，决定信仰什么其实并不容易。当你确定一种信仰的时候，实际上就是决定了全身心的交付。

　　所谓信仰，无非就是最热烈的爱。

　　信仰有一种神奇而诡异的力量，通过主宰信仰者的思想，来控制信仰者的行为。

　　信仰不是简单的相信，更要维护与捍卫。坚守信仰是件不容易的事，往往要穿过漫漫长夜才能迎来曙光。

　　如果选择了信仰，就必须将信仰作为披荆斩棘的刀斧。

　　信仰若不笃行之，人生就会只留下一截烂木头桩子。只有努力实践，不断修为，信仰才有希望长成参天大树。

　　有信心的人可历尽千难万险，有信念的人经得起千锤百炼，有信仰的人可以忍辱负重，精神永不朽败。

　　既然人生只有一次，信仰也只能是一种，而且人生的走向、时运基本由信仰所决定，信仰的话，就尽情去信吧！

23 勇气

勇气可能是成本，怯懦一定是代价

▶ 勇气可嘉！但若是过于褒奖它，可能有夸大其词之嫌，未见得有什么裨益。道理很简单，人生只需要 "小小的勇气" 即可应付有余。比如表白，跟对方表明心迹，可能有一线希望。若是三缄其口，锁死在心房，那就根本没戏。哪里有什么勇气，挺住就是一切。很多时候并不需要我们挺身而出，而只需要在队列中挺住就可以了。对于很多成功，人们误以为是因为勇气，实则只不过是没有放弃，坚持下来了而已。还有些成功也不是因为勇气，而是运气。这就对了，运气也得去碰。好运，歹运，三分天注定，七分靠打拼。敢尝试，敢打拼，这就是和平年代对所谓勇气的基本要求了。◀

年轻是一切的理由

　　年轻人即使一无所有，也是有资本骄傲的，因为他拥有青春这一无价之宝。年轻人有年轻人固有的茫然、焦虑与忧伤，这些都是构成青春气质的元素。唯有行动，才能突围。

　　越是身处黑暗，就越是向往光明。

　　当你感觉暗无天日的时候，意味着人生最好的东西正在孕育。

　　正如煤炭，埋得越深，埋得越久，越具有燃烧价值。

　　人生有时要甘于被掩埋，但要坚信自己有朝一日会破土而出。

　　上帝造人的时候，大概深谙此道。为了使人类保持对光明永恒的向往，便将现实生活中的所谓"黑暗"多设置了一些。

　　人在黑暗中坚守的那些优秀品质，重获光明后，会更加高洁，更加璀璨。

　　挫折怕什么？曲折又如何？挫折也是成长的阶梯，曲折也是成功的路径。愈挫愈勇，曲径通幽。

　　有了想法就去行动吧！

　　不要问为什么，年轻就是一切的理由。

为其所当为，拒其所当拒

　　勇气不单指将责任扛上肩，也包括将责任从肩上卸下来。年轻人总是勇往直前，拼尽最后一口力气，最缺乏的是"退"的勇气，不知道适可而止，见好就收。

　　黑暗，会激发人对光明的追求。

　　追求光明，怯退黑暗需要勇气。

　　勇气就像高亮度的聚光灯，能瞬时照亮周遭的环境，驱散黑暗，帮助自己看清前路。

　　人生失去什么都还不算是失去，但若失去勇气，就什么都失去了。

　　勇气可以兑换很多有价值的东西，但前提是必须要付出。

　　勇气有可能是成本，但怯懦一定是代价。

　　当然，勇敢不是不需要谨慎小心，而是在谨慎小心的状态下，仍然能够一往无前。

　　为其所当为，拒其所当拒。我觉得，这才是真勇敢，也是大智慧。

　　勇敢不是无视危险，而是体现在能迅速判断危险的等级，并采取相应的措施化解危险。

懦弱是隐患

懦弱是比较致命的短板，因为敌人总是寻找懦弱的人作为其突破口。然而，生活不常是一场战争，有竞争对手，但是敌人基本上没有，所以懦弱者倒也好安生。

懦弱者经常是狼狈的。

人们更喜欢与勇敢者为伍，这是因为勇敢者自有一股不甘于命运、不服气、不认输的犟劲儿。

勇者具足的力量与冒险精神，使人血脉贲张，感觉安全而且有力量。

懦弱的人是没有骨气、没有血性的。没有骨气、没有血性的人对自身要求低或干脆没什么要求。这样的人容易流于俗气与猥琐。

懦弱的人，往往可怜又可恨。

你若想建造成功大厦，懦弱者定是隐患。

懦弱的人，不要有期待。因为懦弱的人总是使你心痛又心伤。

多点坚强，多些坚持

自知懦弱，而且实在硬气不起来，那么无妨多点坚强，多些坚持，不是为了吓唬谁、训斥谁，而是为了避免自己的懦弱纵容了小人或恶人。

懦弱者自有苦衷，没有人心甘情愿地懦弱。懦弱者会给疼爱他的人带来遗憾与伤害。

所以，懦弱又是一种可理解的遗憾与可宽宥的伤害。

再怎么懦弱，内心也要多点坚强，多些坚持，这样人生好歹也有些硬气。

懦弱者更应该懂得这个道理，强其短板。

不过，也有人只是外表上懦弱，懦弱是其表象和保护层。这样的人有"大智若愚"的味道。

不过，也要警惕这样的人。往往这种人若非大忠即是大奸，若非智慧便是阴险。

勇气能帮你找回一切

人只要被灌注勇气，就完全是另一个人，这个人会昂起头，挺起胸，攒紧拳头，作好了冲锋陷阵的准备。

懦弱者之所以不勇敢，原因之一是害怕失败，害怕后悔。

不是说"失败乃成功之母"吗？这有什么好后悔的呢？

无论水量多么小，小溪小河都呈现出一种一往无前的力量。

我们可以观察下江、河、溪、瀑，即使粉身碎骨，即使被烈日晒干，也总是勇往直前。

就算是九曲十八弯，我也要弯弯蹚水过！人生，就是要有点儿不到黄河不死心、不到长城非好汉的精神。

坚强就是永不自欺，勇敢就是真实面对。

无论环境怎么恶劣，都请保持内心的坚韧与柔软，呵护我们仅存的勇气。

记住，当你一无所有的时候，只有勇气能帮你找回一切。

另辟蹊径

轰轰烈烈的勇气确能解决一些问题，但另一些问题则需要安安静静的理性来按图索骥。事实上，勇气也不能解决所有的问题，有些问题需要与智力合力完成，有些问题则只需要智力，根本没勇气什么事儿。

有时候，不幸或者不开心的事情接踵而至。

但是没关系，来就来吧！相信勇气能帮助你扛起这一切。

我们总不能就这么样坐以待毙。

这个时候，勇气就该出场。

需要指出的是，勇气也不是万能的。要善用勇气，但不要逞"匹夫之勇"，否则可能不仅于事无补，还可能败事有余。

仅凭勇气单打独斗不行，还必须审时度势，知己知彼，练就"智勇双全"的看家本领。

譬如，有的年轻人说在商业社会中，各行各业进入的门槛太高了，人潮拥挤，好像已"无路可走"了。

但是，只要足够智慧，你可以另辟蹊径啊！做个独行客，自有无限风光。

勇敢地开辟一条新路试试看，没准能在那儿发现捷径或奇迹呢！

小小的勇气

　　小小的勇气是小小的动力，可以拉你起床，可以推你出门，可以阻止你乱买东西。每天你都能感受到小小的勇气带来的力量感。

　　要有勇气告别过往。告别过往，有时比开创未来更难，需要更大的勇气。

　　美好的记忆值得留恋，但不值得过分留恋，过分留恋就耽误了开创未来。

　　对那些不幸和痛苦的记忆，更需要尽快"挖个坑"，深埋、填平，勇敢地离开。绝不能填埋了，还人离心不舍，感情上仍围着过往的垃圾场兜圈圈。

　　告别过往，也不是需要刻意回避或责令自己自欺欺人地忘记过去，而是要有面对失去的勇气。因为告别同时意味着失去过往的美好、不舍、纷争或恩怨。

　　请不要害怕失去，失去是与终究不会属于你的东西的彻底决裂或了断。

　　也请不要追悔失误，哪怕是曾经将事情弄得不可收拾，哪怕是曾经愚蠢得连自己都难以置信。相信告别过往后，做什么事都会更顺当。

　　当有些事情不得不半途而废，或推倒重来时，同样需要大大的勇气。

　　日常生活中多数时候只需要你拿出小小的勇气，小小的勇气就可以避免日后大大的麻烦。

24 聚散

一切相遇都是久后重逢

▰　 "贵贱不相侮，强弱不相凌。"交往之贵，贵在平等、真诚、自然。有人说猫不安生，很生分。这或许是对的，但应该是与它的交往还不到火候吧！交往不到火候的时候，人也是用这种直接而粗糙的方式表示疏离，卫护其资本或能力之内的小骄小傲。 ◢

不停挑剔，不断错失

要挽救那些不停抱怨与挑剔的人，需要让他们认识到，这样做实在是愚蠢透顶，不仅不能给人留下好的印象，还耽误了别人的时间也浪费了自己的时间。还因为人们"怕了"他们而躲得远远的，到最后他们身边优秀的人士基本绝迹。

愿意同你交往的每一个人身上都充满着迷人和未知的东西。但若态度傲慢，不起身相迎，你将错失这些珍宝。

只要你愿意投注温情，会发现每个人身上都有晶亮的"片羽"，那是他本人都可能还未察觉到的高光部分。人在智识上本是个黑暗体，需要被各类你有幸邂逅的"吉光"来照亮。从这个意义上来讲，你有幸认识的每个人都是上帝派来完善你的。

每结识一个给人清爽感觉的人，仿佛自己的生命之树又长出一片清凉的绿叶。每个人都有与众不同的精妙，去尝试发现这些作为平凡生活中的小乐小趣吧！

一个不停挑剔的人，是一个不断错失的人。原本可以将时间用于快速抓取普通事物中对他有益的东西，结果却被他浪费在吹毛求疵上。

不寻找存在感，滤去焦虑。安居边缘，接受并享受不被需要的清静，以"有所作为"抵御"有所成就"。不试图成为人际圈的核心，以平和的心态，游刃有余于复杂的人际关系之中，成为一个与别人一样的节点。

甘于平凡可能更安全，而且也更安闲。成为人际网络中的节点，但不要是唯一的节点，这样的处境是有利的。

珍惜这个世界与你千丝万缕的联系，握住你的手，凝视你的眼，与人心手相牵才不会寂寞，或陷入孤立无援的境地。

萍聚与离散并无不同

聚有什么好高兴的，散又有什么不开心的？难道聚了就永世不散，与这拨人散了就没有与另一拨人相聚的可能么？有多少感天动地的聚，最终还是散在八方，又有多少散，能说散就散？

人世间每一个相遇都是偶然。每次进入寺院，看到我喜欢的菩提树叶子，总是很感慨我与这一树叶子的缘分。下次来的时候，一定有一片叶子坠落了，与我永诀。那是哪一片叶子呢？

树影婆娑，光影斑驳。在这个婆娑世界里，每一次邂逅都可能成为永远，永远的相遇或永远的诀别。

每个人都在为自己坚守，或者为自己改变。无论是坚守还是改变，都以自身为主，环境与关系也不容忽视。

总的来说，环境和关系都是靠不住的，而且不以人的意愿为转移。所以，无论与人相遇还是错过，意义都不是很重大。

心情如风，吹一阵歇一阵，你都懒得去控制。缘分如云，紧一阵松一阵，你也无法去控制。

谁都无力去抓住什么，萍聚与离散并无不同。

你来我欢迎，乃你之幸。你走我为你惋惜，但不会挽留。

真正高贵的告别不需要重逢。

不必刻意与人建立什么关系。关系带不来恒定的安全感，相反关系经常使人感到不安。

让他随便逛逛

想想人与人之间的交往，会无端生出多少尴尬，出现多少误会，我们与人交往的兴趣便就索然。与一只狗交往，则简单多了，毫无压力，开心得很。个中原因，狗通人性，非常知趣，更因为在狗面前我们完全不用装，开心了抱它一抱，不开心了就叫它滚！

这个世界永远不会单纯为了某个人而改变，世界只是呈现给我们最初的样子和变化多端的特性。

世界按照其自身固有的规律运行，对你没有任何义务。你可以对世界有牵挂，但最好不要有指望。

对待别人，也应秉持这样的心态。

有些人闯进你的生活只是来逛逛，让他随便逛逛就好了，别因此浪费自己的时间。

对于习惯了独来独往的人来说，任何陪伴都是一种冒犯。

我喜欢热闹的时候就要去看热闹，我喜欢安静的时候你就不要喧闹。

谁都没有必要跟随谁的终生，人人都有做回自己的权利。

各自散开，各自珍重

回想起来，每个人在青春期都做了大量的无用功。

总有些人只配与你保持表面的交往，不要试图与其交流思想。那样你会失望，别人也会自惭形秽。

要时刻准备着别人抽身离开，也不要因为自己的决然离开，觉得不好意思。

而且，这未必就是件坏事啊！

失去一个人的好处是，那人的存在不会再影响到我的生活，那人的情绪再不会干扰到我的心情。

所以，即使是好朋友，但出现很难愈合的意见分歧或情感裂痕的时候，还是各自散开，各自珍重吧！

君不觉得，与一些人告别我们扼腕叹息，与另一些人告别我们心中窃喜？

浅遇亦是风景

"亲密无间"是极为值得羡慕的关系吗？人与人之间，亲密到间隙都没有了，难道不挺可怕吗？

就像树木保持一定的间距反而长势良好一样，人与人之间保持一定的距离，大家反而倍感轻松。

由此可见，人际交往中千万别患上"亲密强迫症"。保持适当的间距，既不使对方感觉逼仄，自己也觉得可以接受，这样的人际关系才自在。

必须对那些与你默契相守，却又悄悄与你保持距离的人心存感念。他们给你恰恰好的温度，确保你的隐私，以及基本上不会打扰到你。

跟不太熟悉的人相处，仅需展现最好的一面已经足够。即使不慎暴露出较差或较不堪的一面也无须担忧，因为没想着要深交，甚少产生摩擦或敌对的机会。

因此，要学会享受与陌生人相处时所带来的纯粹、清新与通透感。

跟不太熟悉的人相处，"锱铢必较"与"睚眦必报"的坏品性也无从暴露，每个人都呈现出善意盈盈的笑脸。

人与人未必都需要深交，浅遇亦是风景。

疏漏一两个在所难免

朋友那么多，不是压力就是累赘，难道交往不需要牵涉精力么？

有些话必须说出来，闷在心里是不能自然消化的，但一定要找对话友哦。

有些话则尽可能不要说出来，说出来不但解决不了问题，还会带来懊悔。

从某种意义上说，少说话就是自重，少主动就是自敬，少拥有就是自爱。

人与人的交往，绕不出"尴尬"二字。甚至自己与自己交往时，也时有尴尬。这一点真是令人扫兴。

人生是尴尬的，生活是滑稽的。

人际沟通简直就是一种苦刑，因为除了不可计数的尴尬，还有数不清的误会。

有时候，明摆着就是个误会，我却懒得解释。人生处处有不如意，也处处有无力感，我们都得处处硬撑吗？

更何况，妄想照顾好每个人，我们就会变得琐碎起来。

这个世界上值得留恋的人那么多，疏漏一两个也在所难免。

像棉麻抱枕一样舒爽

人们乐意交往的，是那些质朴、自然、亲切、真诚、信实、直率的人。他们既不功利，也不势利，对你不离不弃，同时也不惊不扰。

与人交往，应该给人以亲切、自然、温暖、轻松、随意之感，而不应给人硬邦邦、毛刺刺、冷冰冰的感觉。

人们喜欢虽粗糙一点但柔绵、有亲和力的人，他们就像棉麻抱枕一样给人以舒爽。

不过，这种人极其难寻。

在我有限的与人交往经历中，感觉都不是很畅快。可能是大家都缺乏安全感，防范意识太强，人与人交往起来很费力。

我觉得，应该尊重别人不愿与你交往，或只保持表层交往的权力。

如果对此不理解或觉得遗憾，那是自己的事。别人没有义务成为我们生活中必须出现的奇迹。

"生分"总是有的

"生分"也是"缘分"，造成的冷场并不是你我的错，而是人性进化的缺陷使然。

被遗弃太久的东西，都会变质。感情也一样，所以要时时沟通，多多往来。

沟通有助于消除距离，可是过度沟通又会制造距离。

别人会说："那么生分，把我们当外人了？"

人与人之间的生分总是有的，这是终生难以消弭的尴尬。

误会也是个难以对付的害人精。就我的交往史而言，误会制造的冤情非常之多。

那些与我的生命有过深层交汇的人们，最终因为某些搁置未解的误会而离开了我。

误会也是命定，冤情也是缘分吧？我只能这样理解了。

我有沉默的惰性，想要撬开自己的嘴巴对某些人说句话，不知道该有多难。好多误会我都懒得去解释，人生也不可能没有冤情。特别是在感情生活中，冤假错案何其多！

不过，也好！我不用再去愁如何解释、如何修复同他们的关系了。

微笑，心惜

　　一切终将归于平淡，我们只能伴一人白头，只能择一城终老，只能平静地接受分离的现实，万般无奈地微笑，彼此心惜。

　　人的一生中，总归有几个你心仪已久，或是一见钟情的人，因为各种各样的原因与你失之交臂。

　　有时回想起来，真有剜心之痛啊！

　　最痛的，莫过于被你最好的朋友背叛或抛弃。

　　人际交往中，还有个特点，就是热心快肠的人容易被利用。这不仅是一条规律，还是一种宿命。

　　热情好客是一种美德，但由此带来的麻烦，却是说不出的苦。

　　所以，我对热心快肠和热情好客的人充满感激。

　　可是，那又能怎样？一切可能都是命运最好的安排。

　　那些含泪失去的，必微笑心惜。

　　无论怎样，都要感谢每一个使我生活明亮起来的人，以及我生活中的每一次明亮。

25 随心

大事认真，小事随意

◤ 对一切事情秉持平常心。镇定才能自若，不骄才能不躁，不急才能不慌，从容才能淡定。稳熟处世的平常心，也要在生活中用些小机巧。譬如忙里要偷闲，闹中要取静，成长是一辈子的事情，越是苦越是累，越需要滋养自己。可见，安身立命不只是外在的功夫，更是内在的狠劲，不只是外在的修饰，更是内在的修炼。人生在世，得意切莫忘形，有势切莫压人。行事低调，待人谦逊，诚善信达，心无大野，路子就会越走越宽，发展得就会越来越好。 ◢

事事上心，心太累

若无闲事挂心头，便是人间好时节。有些人爱操心着急，并不是真有这个需要，而是其性格使然。

如果你觉得世界是清洁无尘的，那说明你还没有擦亮眼睛。

有高贵的人，自然也少不了龌龊的人。

"高贵"还是"龌龊"全在于当事人自己怎么看，外人何必操这个闲心呢？

碰到的每一个人，遇到的每一件事，若是都要给出自己的价值判断，岂不很累？

而且你就一定是对的么？

再说，事无巨细，事事上心，你能不累么？

所以，我就觉得这样：大事认真，小事随意。

事事上心，心太累。

适当地表露怀疑

在恶人消停期，不要打草惊蛇。在恶人策划加害于你，则必须旁敲侧击。当你不确定是不是恶人，是不是恶行的时候，适当地表露怀疑，既是投石问路，也是敲山震虎。

俗话说："害人之心不可有，防人之心不可无。"遇到卑鄙小人坑蒙拐骗怎么办？

我的做法是，适当地表露怀疑，使有歹心的人不敢轻举妄动。当他动作的时候，更进一步质疑之。

惩罚卑鄙小人的方式，就是不提供任何机会，他越急越不给他机会。就像对待一只心急火燎的狗，用肉来诱惑它却不让它吃到肉，最后这条狗只能在失望中悻悻地走开。

我有时会与恶人打得火热，不是真的友好，而是防范其再来陷害我。

有时候，我会抚摸一只狗，不是我多么喜欢它，而是感觉只有这样做才能避免被它咬伤。

生活中，我们不得不做出一些违心的事情，以确保自身安全。

"界线"无需特别清晰

有些人原则性特别强，缺乏弹性。这些人的身体往往是僵硬的，由于缺少柔和的感官体验，他们的心理特质和性格也比较硬朗。

谁也不想虚度此生，苟活一场。

那每个人就都得各有其长，各尽所能，各取所需。

世界的一切，都是你创造美好生活的原材料。你可以不感恩世界，但绝不能抱怨世界。

怎么能不抱怨呢？有人会说：这世界上充斥着假丑恶，那么多伪善的嘴脸，那么多势利的小人。

大多数人对人的判断仅凭一时一事，或有限的交往，就匆忙下结论。这恐怕过于草率，所谓对与错、好与坏、是与非，好些是我们内心自设的标准，并不客观，并不理性。

经验告诉我们：尽可能不要轻易起分别心，界线也无需特别清晰。

人生标准定得过高，原则性太强的人，会活得很累。因为他事事要求严格，处处谨守律条，其人生注定面临更细致的标准与更繁多的禁令。

这自然要消耗更多的脑力与心力。而原本这些原则、界线或许完全没有必要，或者执不执行、遵不遵守，根本无关紧要。

指指戳戳，阿谀奉承

谁能背后不说人，谁能背后无人说？如果一个人成天议论别人的"短处"，那么议论别人，可能是他仅有的"所长"吧！

当在背后指戳别人的时候，自己就离被指戳不远了。

背后议论人、指戳人不好，当面吹嘘自己、奉承他人就好么？

与扯谎比起来，吹牛皮被戳穿的风险很低，因为少有人有空闲来验证或核实吹嘘的内容。

其实，"牛皮"能吹多大，就有多大的无知。偶尔"吹牛皮"需谨慎，不要过早暴露野心。抱负实现之前吹嘘出去，日后实现不了的话，自己就会成为笑柄。

我是直到现在，才注意对"吹牛皮"保持克制的，年轻的时候谁没吹过牛啊！

人们讨厌的是阿谀奉承者。

在我心目中，阿谀奉承者要么本身是顺从的绵羊，要么是披着羊皮的狼，不安好心。

所以，对于被揭短的人，不要在乎别人的嘲笑与嘘声。对于被奉承的人，也不要盲信奉承者的赞颂与附和。

化成水渗透到环境中去

真正低调的人，能低调到"不见影"的程度。这种人适应环境的能力特别强，可以说是化成水渗透到环境中去了。这种人更接地气，长势更好，也会更有出息。

现实并不是一个冷酷无情、麻木不仁的怪物，而是一个真诚善良，可亲可敬的老者。

那些一提起现实就摇头，一说到现实就恐惧的人，其实并没有认真思考过现实。至少没有抱着与之为善，或诚意合作的心态，与现实面对面。

在我看来，人们常抱怨的所谓"现实环境"，就是个圈圈，圈子多大、圈些什么，完全可以自定义。

只要遵循适度、可控的原则，谁都能从这个世界圈走点儿什么。只是圈子圈得太大了，控制的力量自然就弱了。因为圈子不可控了，你可能就会感叹"环境恶劣"。

环境一恶劣，心情就糟糕。心情糟糕起来，环境就更加恶劣，如此恶性循环。

依此看来，根据自己的能力、能量，精确圈定并适时扩大或缩小圈子，乃是事业与人生进退自如之道。

当一个人想要较好地适应现实环境，不能只是将自己像移栽一棵树那样简单地"挪"过去，而是要化成水，渗透到环境中去。

"惹不得的人"就是"不值得的人"

有的人爱拿最大的恶意来揣度人，或是由于自卑的缘故，你随便说他点什么，哪怕是一句善意的开玩笑，他也认为是嘲笑或者羞辱他。这种心态直接毁掉了"幽默"这个多么美妙有趣的词。

在日常生活中，你总会遇到些"惹不得"的人吧？

有的人惹不得，是因为年龄小不懂事。

有的人惹不得，是因为情绪不稳定。

有的人惹不得，是因为心有积怨，胸有怒火。

还有的人惹不得，就是惹不得。你一碰就会惹上麻烦，尽管你几乎啥原因都找不到。

这世界上一定有些人，你惹不起呀！

对于这种惹不起的人，即便在你看来还蛮有惹的价值，但千万别惹。

不仅是不要惹，更要远离之。即使是块黄金，也要当成垃圾扔掉，否则后患无穷。

我认为，惹不得的人就是不值得的人。

不要为一个不值得的人苦了自己，这是善待自己必须坚持的原则。

捂住痛也要感谢

言辞中，有善意也有恶意，有冰刀也有烙铁，有冰雹也有暴雨，尽管来吧，哪怕捂住痛，也要说声谢谢！

如果你想成为一个自由自在的你，就得对别人的期望保持警惕，因为别人的期望可能会成为绑缚你的绳索。如果你更愿意成为一个受人欢迎的人，那么你可以接受所有人的期待，成为别人眼中无所不能，自己却分身乏术的你。

这样的你想必你也讨厌，因为你也不想自己的个性如此温和、懦弱。你希望自己个性强悍一点，因为个性强悍的人不太在乎别人的评价。你同时希望自己个性随和一点，不要那么偏激。

如果你总觉得世界对你不公平，那唯一的可能性是："只有你一个人是对的，全世界都是错的。"这样的人，当然谈不上有个性，因为其个性已经被不停的抱怨与莫名的愤怒侵蚀得不成样子了。

你还希望自己能够肚量大一点，包容别人多一点。譬如，有人蓄意攻击你时，击点往往是你的痛处。但痛归痛，你可能会捂住痛，感谢那个人帮助你精确地发现了自己的致命伤，找到了自己的短处与不足。

适可而止

不说过头话，不做过分事，也不过于迂腐，将别人作的恶忘记得一干二净。

乐于助人当然不只是一种乐趣，更是一种品格。

不过，我觉得不是对所有人在所有情况下都是"帮得越多越好"。

帮助别人应当遵循的准则是：尽力而为，量力而行，适可而止。

给予的帮助多于被帮助者的需要，不只是使被帮助者得寸进尺，而且会事与愿违。

不要老是想着给别人带来惊喜，来点喜乐就行了。这样大家都不累，也没什么压力。

可能不少人觉得帮助就是要付出，一定得给予别人快乐。

可我觉得，这个"付出"或"给予"不能是一厢情愿的，不能是刚愎自用的。

还有，帮助也不一定都要给予对方快乐。不带给他滋扰和麻烦，这不是最好的帮助吗？

你未必有能力给别人带来快乐，但一定可以做到不给别人带来困扰，或造成伤害。

图书在版编目(CIP)数据

现在所受的苦,要配得上未来的从容 / 安子著.
—北京：中国致公出版社，2017
ISBN 978 - 7 - 5145 - 1033 - 1

Ⅰ.①现… Ⅱ.①安… Ⅲ.①随笔－作品集－中国－
当代 Ⅳ.①I267.1

中国版本图书馆 CIP 数据核字 (2017) 第 083261 号

现在所受的苦,要配得上未来的从容
安子　著

责任编辑：何江鸿
责任印制：岳　珍

出版发行　中国致公出版社　China Zhigong Press

地　　址：北京市海淀区翠微路 2 号院科贸楼
邮　　编：100036
电　　话：010－66168543(发行部)
经　　销：全国新华书店
印　　刷：北京温林源印刷有限公司
开　　本：880 毫米×1230 毫米　1/32
印　　张：7.75
字　　数：200 千字
版　　次：2017 年 7 月第 1 版　　2017 年 7 月第 1 次印刷
定　　价：36.00 元